貴族令嬢アイルの事件簿
偽学生、はじめました。

橘香いくの

富士見L文庫

THE CASEBOOK of AILE
-Faking Studentship-

-Contents-

貴族令嬢アイルの事件簿 偽学生、はじめました。

橘香いくの
Tachibana Ikuno

登場人物紹介

Character profile

アイリーン・カートライト

由緒ある家柄の英国レディだが、女性運動に足をつっこみ、花嫁学校を追い出される。通称アイル。

ウィリアム・カートライト

アイルのいとこ。シルバートン校の六級生で、スクール寮の監督生も勤める優等生。通称ウィル。

ジェフリー卿

アイルの父。外交官の仕事で屋敷を留守にしていることが多い。シルバートン校理事の一人でもある。

ジョック・ダルトン

シルバートン校で自殺したとされている生徒。マーガリー寮の六級生だった。

エリック・ダルトン

ジョック・ダルトンの弟。兄の死の真相をつきとめるため、シルバートンへの転校を決意する。

デレク・マーストン

スクール寮の六級生。賭けの胴元、校内貸金業、レポート代行等々、日々小金儲けに勤しむ守銭奴。

クリストファー・ライル

コールリッジ寮の六級生。デレクの幼なじみ。

トビアス・バロウズ

スクール寮の四級生でジェフリー卿の友人の息子。アイリーンに憧れている。

ウィスラー校長

シルバートン校の校長。ジェフリー卿に相談され、エリックの転入を許可する。

コリンズ教官

マーガリー寮の舎監教師。エリック転入のいきさつを知る一人。

ハロルド・チェスニー

マーガリー寮の六級生。美食の追求に情熱を燃やす自称・美食大王。通称ヘフティ・ハリー。

ギルバート・スタンレー

マーガリー寮の六級生。フットボールの元学校代表で、学内では英雄的存在。通称スモーカー。

デヴィッド・ハーマン

マーガリー寮の六級生。ジョックと同室だった生徒。

リチャード・オーエン

マーガリー寮の六級生。ハーマンの友人。

ロバート・フレミング

マーガリー寮の六級生。寮で起きた飲酒事件の首謀者。

イライアス・コノリー

アイルが礼拝堂で知り合った、信心深い上級生。

ケネス・エアリー

声がジェフリー卿に似ていることから、ファザコンのアイルが一目惚れした上級生。

サイモン・ブロック

ブランドン寮の六級生。毒薬集めが趣味。通称、退屈詩人。

プロローグ

だれにも怪しまれずに忍びこむには、おあつらえむきの闇夜だった。おかげで、アイルは堂々とスカートをまくりあげ、レスウェイルズ女学院の鉄柵《てっさく》をのりこえることができた。暗くてあたりの様子はわからないが、頭の中には正確な地図が描かれていた。もう何度も利用したルートだ、目をつぶっていたって歩ける。エニシダの茂みにそって左に二十歩、お次は右斜め前に三十七歩、そこでベンチに激突！……アイルは左のむこう脛《ずね》をかかえてぴょんぴょん飛び跳ねながら、さらに五歩分移動した。

のばした手にふれたのは、寄宿舎の壁だった。アイルはそこで、ピュッ！　と口笛をふいた。すると、二階の窓からするするとロープがおりてきた。消灯後にぬけだしたアイルのために、同室のキティが起きて待っていてくれたのだ。もう午前零時を過ぎているから、きっとあとでぶつぶつ文句を言われるだろう。

アイルはロープをつかみ、用心しながら壁を這《は》いのぼった。手をすべらせないように、壁を蹴《け》って音をたてないように。ようやく窓敷居に手をかけると、アイルはホッとして部屋の中をのぞきこんだ。

「ありがと、キティ。いつも悪いわね」

と、そのときだ。暗闇の中から突然ランタンの光があらわれ、アイルの目をくらませた。

「現行犯ですよ、アイリーン・カートライト」

冷ややかな声とともに浮かびあがったのは、世にも恐ろしいオニババ——いや、慈愛深き寮母ミス・ウィルキンソンの顔だった。アイルは仰天してのけぞり、手をすべらせた。

「きゃあああああああああああぁぁぁぁぁぁぁぁっっっ!!」

そのまま地上に転落し、草地にずでんと尻《しり》もちをつく。

「い……ったあ……」

アイルは痛みに目をうるませ、四つん這いになって身を起こした。

「怪我はありませんか？　アイリーン・カートライト」

頭の上から、落ち着き払った声が降ってきた。

「尾骶骨《びていこつ》を打ちましたけど、心にうけた衝撃にくらべれば、なにほどのこともありませんわ」

ささやかな嫌みは、案の定、無視された。

「それならけっこう。明日《あした》は朝食ぬきです。お祈りが終わったら、校長室にいらっしゃい」

ミス・ウィルキンソンはそれだけ言うと、もうきびすをかえしてひきあげていった。

「……大丈夫？　アイル」

ややあって、若い娘が窓からそっと顔をだした。申し訳なさそうな声は、今度こそキティだ。

「ごめんなさい。急に入ってこられて、ごまかせなかったの」

キティのせいではないと、アイルにもわかっていた。ミス・ウィルキンソンは、以前からアイルを目の敵にしていた。今夜のこの機会を、ずっとうかがっていたのだろう。

「いいのよ。いつかはこうなる運命だったわ」

アイルは観念し、小さなため息をもらした。

1

英国中から良家の令嬢が集まるレスウェイルズ女学院にあって、アイルは異端児だった。

といっても、家柄に不足があるわけではない。父のジェフリー卿《きょう》は侯爵家の次男坊だし、アイル自身、世間ではきちんとしたお嬢さまでとおっている。

では、なにが問題かといえば、それは結局のところ、レスウェイルズが旧態依然とした花嫁学校でしかなく、彼女はそんな未来にはまったく興味がないということだ。

アイルの夢は、まともなカリキュラムを組んだ名門私立校からケンブリッジかオックスフォード大学にすすみ、世間の多くの男たちと同じように、自立できる職業に就くことだった。

外交官である父はいつも彼女の憧《あこが》れだったし、弁護士や医者にも興味がある。それが許されないのは、断じて彼女の学業成績が劣っているからではない。今や十九世紀も半ばだというのに、この国の最高学府はいまだ女子学生にたいして門戸を閉ざしているのである。

翌朝、アイルが校長室の扉をノックすると、すぐに返事があった。しかし、部屋の主は書きものの途中らしく、ペンを置くまでの間、しばらく待たされた。

きつく結った灰褐色の髪、やぼったい服装にやぼったい丸眼鏡、小柄だが固太りで、背筋は定規がつっこまれているみたいにピンとまっすぐのびている。堅苦しい人物であることに疑いの余地はないが、さらに説明をくわえるなら、レスウェイルズ校長は五十代半ばの戦争未亡人だった。食べるに困って学校経営などしているものの、もとは上流の出であるらしい。生徒の父兄が彼女を買っている理由の一つがこれだ。彼女自身が淑女であること。

この学校の目的は、淑女にふさわしいお行儀と教養を生徒に身につけさせることだから、歴史や数学やラテン語なんて、はじめからお呼びではないのである。

あーあ。アイルは心の中でぼやいた。ダンスやピアノが上達したって学力検定試験でいい成績をとれるわけじゃないけど、オックスブリッジ卒の殿方を夫に捕まえることはできるってわけ。だったらいっそ、毎日のカリキュラムに狩猟の講義も組みこんだらいいんだわ。卒業生が大物を捕まえたら、校長室に夫の首の模型をならべたりしてね。

「本当に残念ですよ、アイリーン・カートライト」

校長は自分の用をすますと、いきなり本題に入った。

「あなたが問題を起こすのはこれがはじめてではないけれど、今回はキティ・クレナンにも片棒をかつがせていたとか」

アイルは、ハッと自分の物思いからひきもどされた。

「キティはなにもしていません」

「そうですか？　ミス・ウィルキンソンの報告を聞いたところでは、とてもそうは思えませんけどね」

まずいことになった、とアイルは思った。まさか、愛すべきオニババが、キティにまで攻撃の矛先をむけてこようとは。

「もしもキティを罰すれば、校長先生はご自身の信念に唾《つば》を吐きかけることになりますわ」

アイルが言うと、校長は眉《まゆ》をひそめた。

「それはどういう意味です？」

「校長先生は、日頃からわたくしたち生徒に、友情の大切さを説いておられます」

「悪事を隠蔽《いんぺい》することを友情とは呼びませんよ」

手厳しくかえされたアイルは、しょんぼりと肩を落とした。

「悪事。まさにおっしゃるとおりです。わたくしがこれまで、しばしば学校の規律を無視してきたことは認めます。校長先生もよくごぞんじですわ」

その校長は、疑わしげに片眉をあげた。

「めずらしく殊勝なことね、アイリーン」

「事実は曲げようがありませんもの。ところで、キティはといえば、いつもわたくしを教え諭す役でした。というのも、彼女はこんなわたくしにも更生の機会があると信じてくれたからで、今回のわたくしの行動をミス・ウィルキンソンにご報告しなかったのも、同じ理由によるものなのです。彼女はよきキリスト教徒として、わたくしに温情をかけてくれたのですわ。彼女は自分の良心に恥じることなど何一つしてはおりませんし、よしんば彼女が間違っていたとしても、だれに彼女を責められましょう？　彼女はまったく善良な女性なのです」

校長は呆気《あっけ》にとられた。

「あなたの口が達者なのには、いつもながら驚くばかりですよ。アイリーン」

わたしもそろそろ口が痒《かゆ》くなってきたわ。アイルは心の中でつぶやいた。

「キティの友情に報いるためには、なんとしてもご理解いただかなくてはなりませんの。わたくしの不行跡が彼女の名誉を汚すことになるなんて、これほど恩知らずなことがあるでしょうか。そんなことになったら、わたくしはとても生きていけません」

校長はしばし考えこんだあと、決断を下した。

「よろしいでしょう。キティに非がないかどうかはともかくとして、本来がまじめな生徒であることはたしかです。彼女への処分は、今回は見送ることにしましょう」

やった！　アイルは、スカートの陰でぎゅっと拳《こぶし》をにぎりしめた。

「ありがとうございます」

「ですが、あなたはそうはいきません」

アイルは、ふたたび首をうなだれた。

「ごもっともですわ」

「あなたは自分の過ちを認めたのですから、なんでも正直に答えると約束してくれますね？」

「おっしゃるとおりにいたします」

「深夜に寄宿舎をぬけだしたのは、これで何度目になりますか？」

アイルは、ぱっと顔をあげた。

「あら。残念ですが、それはお答えできません」

校長の目が険しくなった。

「なぜです？」

「わざわざ数えたことはありませんから」

校長は、今度は腹立たしげにため息をついた。

「なにをしていたか言えますか？」

「ええ、もちろん」

とたんに、アイルは目を輝かせてしゃべりはじめた。

「とても有意義な時間をすごしてきたんです。女性の権利拡張について話し合う集まりで、ミス・カーティスが演説をする予定だったものですから、なんとしても聞き逃すわけにはまいりませんでしたの。ミス・カーティスはごぞんじですわね？」

校長は、あからさまに顔をしかめた。

ミス・カーティスは有名な女権拡張論者で、近ごろなにかと世間を騒がせている女性だ。法的な権利の平等だけでなく性の解放をも訴える彼女は、過激な論調の著作で知られ、実際、結婚もせずに子供を産んでいる。保守的な人々の中には、そんな彼女に眉をひそめる者も多い。校長もその一人というわけだ。

「その女性の不行跡と破廉恥な思想は、たしかに耳に入っています」

「ミス・カーティスはすばらしい信念の持ち主ですわ。わたくし、尊敬しております」

「そのことで言い争うつもりはありませんよ、アイリーン。ああいった思想が若い女性にとってどれほど危険か、よくわかっていますからね。どうやら、あなたはもう手遅れのようね。残念ですよ。わたくしたちも努力はしたのですが——本当に残念です」

それはご愁傷さま。アイルは心の中で肩をすくめた。

「あなたにはよいところもたくさんあります。頭がいいし、下級生にも慕われている。でも、だからこそ、ほかの生徒たちにおよぼす悪影響を考えないわけにはいきません。アイリーン・カートライト。学期末までいるのは自由ですが、クリスマス休暇が終わっても、ここにもどってくるにはおよびませんよ」

「それって、つまり——」

校長はとりつくしまのない態度で、冷ややかに言いわたした。

「退学です」

＊

アイルは、クリスマス休暇までさらし者になっているつもりはなかった。なにしろ、今はまだ十月だ。ミケルマス学期は二ヶ月も残っている。

そこでカートライト家の執事ディクスンに手紙を書くと、父親は海外出張中で留守との返事。アイルはこれ幸いと、学校を飛び出すことに決めた。彼女が唯一評価しているレスウェイルズ女学院の利点は、ロンドンにあるということだ。要するに、自宅から近い。

　こんな次第で、当人はいたってさばさばしていたが、そうかんたんに割り切れないのが、ご学友の面々だった。

　その日、さっそく荷造りをはじめたアイルのまわりを、複雑そうな顔がとりかこんだ。

「ねえ、アイル。なんとかもう一度、校長先生にお願いできないの？　意地を張らないでちゃんと謝れば、気をかえていただけるかもしれないわ」

　気弱な優等生のリズが言う。

「ムダよ、リズ。頑固なアイルが、自分から折れると思う？」

　メグはすでにあきらめ顔だ。

「だったら、わたしたちからお願いして――」

　ノックもなく扉がひらき、同室のキティが入ってきた。彼女はもってきた一かかえの手紙を、どさっとベッドの上にぶちまけた。

「はい、本日の分。下級生からアイルお姉さまへ。みんな泣いてたわよ。おかげで疲れたわ。泣きたいのはこっちだってのに」

「いつにも増してすさまじいわね」

セアラが目を丸くした。

知的で美しい侯爵の姪《めい》は、下級生たちの憧《あこが》れの的だった。それが勝手につくりあげられたイメージであることは間違いないが、アイルにだって責任の一端はある。そもそもが、彼女は猫かぶりなのだ。

「これも一因なのよね」

アイルは片眉をつりあげ、ファンレターの山を見やった。

「校長からばい菌みたいに言われちゃったわ。ほかにお預かりしている良家のお嬢さま方に、悪影響をおよぼしかねないんですって。はん！」

アイルは勢いよくかばんのふたを閉めると、とつぜん、あらぬ方向にむかって拳をふりあげた。

「世の中は動いているのよ！　毎日毎日、賛美歌うたってお裁縫なんかしてられない。完《かん》璧《ぺき》な淑女たれと校長先生はおっしゃいますが、いかなる理由によるものでしょうか？　もちろん、条件のよい殿方をつかまえて、一生の面倒を見てもらうためであります。見事、殿方の目をくらませて、裕福な家庭の主婦におさまりかえるのが目的であります。女性の成功とはただこの一点にかかっているのであり、そのためにひたすら己をみがけと校長先生はおっしゃる。しかしみなさん、ここで考えていただきたい！」

「またアイルが演説はじめたわよ……」

キティがしらけた顔でつぶやいた。同じ年に入学して以来、耳にタコができるほど聞かされてきた主張だ。アイルのことは親友だと思っているが、この演説癖だけはいただけない。

「あなたが言いたいことはよくわかるわ、アイル。いい縁談にめぐりあえるかどうかで一生が決まっちゃうなんて、ほんとにぞっとしないもの」

メグが言うと、アイルは大きくうなずいた。

「そのとおり！　他人まかせの人生なんて、人生とは呼べないわ。だから――」

「女性はもっと自立すべき。はいはい」

キティがあとをひきとって言った。

「茶化す気はないけど、毎朝毎晩聞かされるこっちの身にもなってよね」

「あなたが言いたいことは、本当によくわかるのよ」

と、またメグが言った。

「だけど、一生結婚しないで生きてくなんて、それもまたぞっとしないのよね」

「それに、恋はしたいわ。ねえ？」

はにかみながら、リズが口をだす。

「アイルくらい美人で頭がよかったら、きっと素敵な恋ができると思うの」

「期待を裏切って悪いけど、そっちのほうは望み薄ね」

アイルはひらひらと片手をふった。

「だって、お父さま以上の男性でなくちゃ、恋なんてする気にもなれないもの」

物心ついたときからずっと、アイルの理想は父親のジェフリー卿《きょう》だった。おだやかで理知的で、しかも抜群の美男子である父を超える人物など、生まれてこの方、一度もお目にかかったことがないのだからしかたがない。そして、彼女のこの言い草もまた、友人たちにはおなじみなのだった。

「そりゃあ、あなたのお父さまがステキなのは認めるわよ」

セアラが言った。

「だけど、それじゃあんまり理想が高すぎない？　そんなこと言ってたら——」

「一生独身？」

アイルは先まわりして言葉をひきとり、そして堂々と宣言した。

「それもけっこう。無理して理想をひきさげる気はないわ。わたしは新しい女を目指すのよ！」

＊

実家からの迎えが到着したのは、翌週の日曜日だった。いつもより長い礼拝を終えて寄宿舎にもどると、馬車が前庭で待っていると知らされた。アイルは自分を慕う下級生の滂《ぼう》沱《だ》の涙と嗚咽《おえつ》に見送られ、意気揚々とレスウェイルズ女学院をあとにした。

馬車のそばに立って彼女を待っていたのは、しかし、カートライト家の使用人ではなかった。上品なたたずまいの青年だ。

アイルは、ぽかんと口をあけた。

「ウィル！　どうして——」

一つ年上のいとこ、ウィリアム・カートライトだった。ウィルはにっこり微笑み、いたずらっぽく片目をつぶった。

「ディクスンが泣きついてきたのさ。主人に話すなと脅しをかけられた善良な執事は、きみをいさめる相手として、ぼくしか思いつかなかったというわけだ。少しは気を遣ってやるんだね。彼はもうトシなんだから」

「そんなことといったって、ほかにどうしろっていうのよ？」

アイルは頬をふくらませた。退学になって悲しいとは思わないが、自主的にやめたわけではない。彼女だって、これまでずいぶん辛抱してきたのだ。

「ぼくが相談役じゃ不満かい？」

「もちろん、そんなことないわ」

アイルは大好きないとこに飛びつき、頬にキスをした。

「わざわざ外出許可をとって来てくれたんでしょう？　学校はどう？　また優等をとったの？」

「まあね。上々だ」

アイルは、うらやましそうにため息をついた。

ウィルはロンドン郊外にあるシルバートン校に在籍している。カートライト家には縁のふかい全寮制私立で、アイルの父ジェフリー卿も、その兄でウィルの父クレイトン侯爵も卒業生だった。くわえて、ジェフリー卿は現在、理事の一人でもある。

「いいわね！　どうしてシルバートンは女子学生をうけいれないのかしら？」

「そりゃあ、レスウェイルズが男子学生をうけいれないからじゃないかな」

ウィルは笑って軽口をかえしてきた。

この聡明《そうめい》ないとこはアイルの唯一の理解者で、さらに、自分がこうありたかったと憧れる理想そのものだった。父と同じ褐色の髪に青い瞳《ひとみ》、理知的な態度物腰。やさしくて気がきいて、ユーモアのセンスもある。彼もやがては侯爵になるわけだが、世襲身分の上にあぐらをかいて怠惰にふけるようなまねは、決してしなかった。成績はつねに首席を守り、カートライト家の誇りを世に示しつづけている。もし、ジェフリー卿に最も近い男性がいるとすれば、それはこのいとこをおいてほかにはいない。

「さてと。きみのことだから、考えをかえる気はないんだろう？　乗りたまえ」

「お父さまはおかわりない？」

ウィルの手を借りて馬車に乗りこみながら、アイルは訊《き》いた。自分のことをのぞけば、彼女の関心はいつも父親に集中していた。

「その問いに答える資格がぼくにあるかな。お忙しくていらっしゃるからね。夏季休暇のあとは、一度お目にかかったきりだよ」

「じゃあ、わたしよりも一回多いわ。そのときはどんなご様子だった？」

「秘書がかわってから、トラブルもなく万事良好だとおっしゃっておられた」

アイルは、ピクリとその言葉に反応した。

「新しい秘書を雇ったの？」

「男性だよ」

「あ、そう」

とたんに、興味が失せた。そんなアイルの表情を読んで、ウィルは意味ありげに口もとをゆがめた。

「これできみも、しばらくは安心ってわけだ」

「なんの話?」

「だって、おじ上の美人秘書が次々と辞めていくのは、きみの仕業だろう?」

アイルは、ドキンとして言いかえした。

「わたしはなにもしてないわ!」

「へえ、そう? じゃあきみは、秘書嬢のコートのポケットにカエルをつっこんだり、椅子にコールタールを塗りつけたりしたことは一度もないっていうんだね?」

アイルはかえす言葉をなくした。ウィルはなんでもお見通しだ。

「日ごろ女性の社会進出を熱心に説いているはずのきみが、働く女性のじゃまをするのはどうかと思うが?」

「あら! 言わせてもらいますけど、彼女たちは働きたくてお父さまの秘書になったわけじゃないわよ。書類を整理したり手紙を書いたりするより、お父さまに色目をつかうほうに忙しいんだから。それもこれも、お母さまの後釜《あとがま》にすわるためにね。そういう不純な動機をもった女性は、かえってわたしたちの運動の足をひっぱるだけだわ」

「ふうん。するときみの行為は純粋に公共の利益を目的としていて、個人的な感情を満足させるためではないと？」

「当然でしょ」

「だとすると、かんたんな解決策があるよ。早いとこおじ上に再婚してもらうのさ。そうすれば――」

「冗談じゃないっ！」

血相をかえて立ち上がったとたん、アイルは勢いよく天井に頭をぶつけた。目から火花が散り、ふたたび座席にうずくまる。

「いったあ……」

「やれやれ。そそっかしいところも相変わらずだ。ねえ、アイル。そろそろファザコンを卒業する時期じゃないか？　きみももう十六になるんだし」

アイルは涙目でたんこぶをさすりながら、ぷいと横をむいた。

「余計なお世話よ。ほっといて」

たしかに美男のジェフリー卿はやたらと女性にもてて、いつも浮いた噂が絶えない。だが、父が心を捧《ささ》げているのは、アイルの亡き母ただ一人だ。本人がそう言ったのだから、間違いない。

「ともあれ、お父さまが出張中なのは幸いだったわ。いつごろお帰りなのかしら？　それまでには、わたしも身のふり方を決めなくちゃ」

「まさか、退学になったことを隠しておくつもりじゃないだろうね？」

ウィルが呆《あき》れて言うと、アイルはめずらしく口ごもった。

「お父さまとは、ちょっと、そのう……見解の相違があるのよ」

「見解の相違ねえ」

それがなにを指すのか、ウィルにはちゃんとわかっていた。

実は、ジェフリー卿の理想のタイプは、楚々《そそ》としたやさしい女性なのだ。アイルの母親が、まさにそんなふうだった。万事についてひかえめで、決して出しゃばらず、いつも黙って夫につきしたがっているような——つまり、アイルとは正反対。

物心ついたときからカンのよい子供だったアイルは、したがって、父親の前では決してわがままを言ったことがない。いつも機嫌よく微笑み、言いつけにはおとなしくしたがい、徹底して猫をかぶりつづけたおかげで——ジェフリー卿は、自分の娘がいまだに素直で淑《しと》やかなレディだと信じているから始末が悪い。

「今さらひっこみがつかないのはわかるけどね、この先もずっとおじ上に隠しつづけるなんて、無理な話だよ。退学の件はなおさらだ」

だが、アイルはいつものように聞く耳をもたず、あっさりと言った。

「なんとかなるわよ。あなたとディクスンが黙っていてくれたらね。もしもバレたら、そのときはそのときだわ」

とんでもないことに、そのときはすぐにやってきた。二人がカートライト邸に到着すると、執事のディクスンから父親が帰宅していることを知らされたのだ。アイルはあわてて逃げ出そうとしたが、遅かった。そのとき最悪のタイミングで二階から靴音が聞こえ、階段の上にジェフリー卿があらわれた。

件《くだん》の人物は玄関ホールに立つ二人の姿に気づいて、一瞬、不思議そうな顔をした。だが、それでもいつものように愛想よく言った。

「おや、ウィリアム。よく来たね。兄上はお元気かい？」

おかげさまで、とウィルがこたえると、次にジェフリー卿は娘にむかって言った。

「それから、アイル。どうしたことだ？　クリスマス休暇にはまだだいぶ早いと思うが」

「それは——あうっ！」

勝手にこたえようとしたウィルの足を、アイルは思いきりふみつけた。そして、

「小火《ぼや》が出たんですの、お父さま！」

とっさに出まかせを叫ぶ。

「小火？」

「そうなの、それは怖かったわ！　寄宿舎の厨房《ちゅうぼう》から、真っ黒な煙がもくもく漂ってきて。火は消し止めたんですけど、あいにく寝室が煤《すす》だらけになってしまったの。それで、近くに住んでいる生徒は、一時的に帰宅することになったわけ」

ウィルは、呆れて目を丸くした。よくもまあ、これだけ都合のいい嘘が次から次へとでてくるものだ。アイルは昔から、おどろくほど口の達者な子供だった。

「そうか。レスウェイルズ校長には、あとで見舞いを言っておかなければね」

「その必要はないわ！　ウィルが立派にお父さまの代理をつとめてくれましたから。ね？」

必死の形相で目配せされて、ウィルはやむなくうなずいた。

「ええ。アイルの言うとおりです」

「そうか。あいにくだったが、きみたちに会えたのはよかった。実はアイル、今日は着替えをとりに立ちよっただけでね。わたしはまた出かけなくてはならないんだ」

「今度はどちらへ？　いつおもどりになるの？」

ジェフリー卿《きょう》は、アイルに愛情ぶかい眼差《まなざ》しをむけた。

「くわしく話している暇はないんだよ。だが、心配はいらないからね」

アイルは、見るからにしゅんとしおれてしまった。

「残念だわ。せっかく、久しぶりにお父さまといっしょに過ごせると思ったのに」

「それはわたしもだ。悪いが、学校が再開するまで、イザベラ大おばさまのところに行っておくれ。わたしもあとで手紙を書いておくから」

その瞬間、アイルは奈落《ならく》の底に突き落とされた。イザベラ大おばさまといえば、一族きってのうるさ型だ。

「わざわざブライトンまで行って大おばさまのおじゃまをするのは、気がすすまないわ」

「そんなことはないよ。大おばさまは、いつでもきみに会いたがっていらっしゃる」

アイルは心の中で、「うえー」とつぶやいた。どうせ、滞在している間中、行儀作法をみっちり仕込まれるに決まっている。大おばも、レスウェイルズ校長のご同類なのだ。

「でも――」

なおも言いつのろうとすると、ジュフリー卿はおだやかな笑みでアイルの反論を封じこめた。

「若い女性をこの屋敷で一人にしておくわけにはいかないよ。アイル、きみは昔から聞きわけのいい娘だっただろう？」

ジェフリー卿は、自分の微笑がどれほど罪つくりか自覚しているだろうか？　大好きな父親を失望させるのはいやだった。嫌われるのは、もっといやだ。

アイルはうなだれ、しぶしぶ言った。

「……わかりました、お父さま」

ジェフリー卿があわただしく外出すると、今度は残されたウィルが、説教がましい口調で言った。

「いったい、どういうつもりなんだい？　アイル。おじ上にあんな嘘をついたりして」

「だって、しょうがないでしょ？　退学になったなんてお父さまに知れたら、絶対に理由を訊かれるもの」

「当然だ」

「それに、またすぐべつの学校に入れられるのがオチだわ。シルバートンみたいなまともな学校じゃなくて、どうせ時代遅れの――」

「イザベラ大おばさまの監督をうけるのも、そうかわりはないと思うけどね」

アイルの顔から血の気がひいた。

「それよ！　ああ、どうしよう？　ウィル、なんとかして！」

「ぼくにどうしろと？」

「いつも力になってくれたでしょ？」

ウィルは無情にも首を横にふった。

「残念だが、今度ばかりは、どうしようもないね。ぼくはもう学校にもどらなくてはならないし、大おばさまは、きみのことをいたくお気に入りだ。きっと、大よろこびでお待ちだと思うよ。ぼくには、彼女の楽しみを奪いとるようなまねはできないな」

「わたしを見捨てる気!?」

信じられない。ウィルだけは味方だと思っていたのに。

「しかたがないね。自分でまいた種なんだから」

彼はそう言って肩をすくめ、アイルに背をむけた。

「ウィルの裏切り者――――っっっ!!」

2

その朝のアイルの心境はといえば、まさに監獄にひきたてられていく囚人のそれだった。アイルは少しでも出発をひきのばそうとして、だらだらと時間をかけて荷物をまとめ、くどくどと使用人たちに留守中の注意をくりかえした。しかし、どう悪あがきしようと、運命の時は必ずやってくるのである。

「じゃあ、ディクスン」

アイルは玄関ホールでふりかえり、見送りの執事に言った。

「しばらく会えないけど、元気でね。またお父さまから連絡があったら、よろしく伝えて。それから、裏切り者のウィルにはくたばれって——いえ」

これでは品がないと思いなおして、アイルは訂正した。

「罪のないいとこを見捨てたあなたを、どうか神さまがお許しくださるように。わたしは絶対に許さないけど。そう言っといて」

ディクスンは笑いをこらえるような顔をした。

「はい、お嬢さま。ほかにご伝言は？」

「ないわ。いえ、あった。だれでもいいから、レディ・カートライトを虜囚の身から解放してくださった方には、ありったけの感謝を捧《ささ》げます。謝礼はご相談の上。タイムズ紙の広告欄に出しておいて」

「かしこまりました」

アイルがあんまりしょげかえっているので、ディクスンは慰めの言葉をかけずにはいられなかった。

「お嬢さま。ブライトンもいいところでございますよ」

「そう、たぶんね。ニューゲート監獄よりはきっと快適でしょうね」

従僕が進みでて、アイルのために玄関扉をあけた。すると、そこには小柄な少年がぎょっとした顔で立っていた。

ディクスンは不審そうに眉根《まゆね》をよせた。

「どちらさまで？」

少年はハッとわれに返り、緊張の面持ちで口をひらいた。

「おっ、おはようございます。あの――ぼく、エリック・コールフィールドといいます。

ジェフリー卿はご在宅ですか?」

身なりも言葉遣いも育ちのよさをうかがわせたが、あいにくディクスンにはなじみのない顔と名前だった。

「主人は留守にしておりますが——」

戸惑いながらこたえ、アイルを横目で見る。アイルは令嬢然としてあとをひきとった。

「父になにかご用ですの?」

不意をつかれたためか、少年はたちまちしどろもどろになった。

「いえ、あのぼく、一言お礼をと——ポーツマスから来たんです。明日《あした》から——えっと、シルバートン校に転入することになっていて——」

「あらまあ」

アイルはすぐに事情を察した。私立のシルバートンの場合、季節はずれの入学はあっても、他校からの転入は難しい。きっと、理事である父が、彼のために口添えしたのだろう。

知り合いのご子息かしら? コールフィールドという名には覚えがないけれど。

ともあれ、来客はありがたかった。これで、大おばに到着が遅れた言い訳ができる。

もっと早くお訪ねしたかったんですのよ、大おばさま。でも、父に**不意**の来客があったものですから、わたくしがお相手をしないわけにはまいりませんでしたの。これこれ!

完璧《かんぺき》だ。

「ポーツマスからお一人でいらしたの？」

アイルは、にっこりして言った。たいして遠くはないけど、まあいいわ。マンチェスターかリーズあたりから来たことにしておこう。はるばる**遠方**から訪ねていらしたのに、無下に追いかえすわけにもまいりませんでしょ？　大おばさま。あんまり失礼ですもの。ますます、よし！

「こんなところで立ち話もなんですから、お入りになりません？」

少年は尻《しり》ごみした。

「でも、ご迷惑じゃありませんか？　ぼく――」

遠慮深い坊やだこと。アイルは、それとなく少年を観察した。背丈はほぼ同じくらいだが、年下であることは間違いない。十四、五歳というところだろうか。

「かまわなくってよ。お客さまを追いかえしたと知れたら、わたくしが父に叱られますわ」

言いながら、アイルは逃がすものかと少年の腕をつかんだ。監獄入りを遅らせるかっこうの口実なのだから、最低でも二時間はいてもらわなくては。

力ずくで中にひきいれると、少年は観念して足をふみだした。ところが、そのときだ。いったいなにが起きたのか、三歩も歩かないうちに、少年はとつぜん、ばったりと床の上に倒れた。

アイルはギョッとして叫んだ。

「コールフィールドさん!?」

ディクスンがあわてて少年のそばにかがみこむ。

「ひどい熱です、お嬢さま」

「お医者を呼んで！」


駆けつけた医師は、流感だと診断した。体調をくずしやすい季節であるのにくわえ、旅の疲れも影響したのだろうと。

「もともと、あまりお丈夫なほうではないようですな。今年はたちのよくないのが流行《はや》っておりますし、熱が下がるまで楽観はいけません。ともかく、今は安静になさることが第一です」

こうして、アイルは思いがけなく病気の少年をかかえこむことになり、大おばのブライトン監獄もひとまず遠ざかっていった。

「なんとも困ったことになったわね。さすがに、これはよろこべないわ」

「……お嬢さま。お顔が笑っておられます」

ディクスンに指摘され、アイルはあわてて顔をひきしめた。

「あの子が目を覚ましたら、ポーツマスの住所を聞いて、ご両親に知らせてあげてね。いずれにしろ、しばらくはうちでお世話することになると思うけど」

「お嬢さま。実はその件で、少々気になることがあるのですが」

ディクスンの意味ありげな目配せで、アイルはベッドから離れ、隣室に移った。

「どうしたの？」

「お嬢さまは、ぼっちゃまのお父上をごぞんじですか？」

「いいえ。コールフィールドなんて、まったく聞いた覚えがないわ。おまえは？」

執事は首を横にふった。

「実は、ぼっちゃまのお召しものに名前の縫いとりがございまして——それが、コールフィールドではなく、E・ダルトンとなっているのです」

二人の間に沈黙が流れた。

「……どういうこと？」

「ぼっちゃまが、先ほどお名乗りになったとおりの方か、はなはだ疑わしいと申し上げざるをえません」

「つまり、彼が嘘をついてるってこと？　でも、そんなことをして、なにか得することとなんてある？」

「ございますとも。盗人や騙《かた》りかもしれませんし――」

「子供なのに？」

ディクスンはむきになった。

「お嬢さま。ロンドンの下町には――」

「わかってるわよ。子供のスリや泥棒はいっぱいいるわ。わたしはそれほど世間知らずでもお人好《よ》しでもありません。女学校に閉じこめられていた間も、ちゃんと巷《ちまた》の情報は集めてたし、新聞だって読んでたのよ。先月、ニューゲートの脱獄囚がロンドンで射殺されたことだって知ってるんだから。〝むこうみずのザックス〟っていう、名うての悪党だったんですって？」

するとこ今度は、執事の顔に複雑そうな表情がうかんだ。

「それも女性解放論とやらのありがたいお教えでございますか？　お嫁入り前のお嬢さまが、そのようなことにご興味をおもちになるのもいかがなものかと――」

「もうっ。どうしろっていうのよ？　とにかく、あの子は大丈夫。ちゃんとお行儀よくしゃべるのを聞いたでしょ？　おかしな下町なまりなんかなかった。そうね、上流の――とまでは言わないけど、少なくとも中流以上の家庭の子だと思うわ」

だが、ディクスンの顔にうかんだ疑惑の色は消えなかった。

「警察に問い合わせたほうがよろしいのでは？」

「馬鹿ね、よしてちょうだい。もし本当にお父さまのお知り合いだったら、失礼じゃないの。本人に訊《き》けばいいのよ。案外、かんたんに説明のつくことかもしれないわよ」

午後になると、コールフィールド少年は目を覚ました。まだ完全に熱がひいたわけではなかったが、頭ははっきりしているらしい。問いつめられると、素直に白状した。

「そうです。ぼくはエリック・ダルトンです。嘘を言ってすみません。でも、ジェフリー卿《きょう》が、偽名をつかうようにおっしゃったものですから」

思いがけない言葉に、アイルとディクスンは顔を見あわせた。

「お父さまが？　どうして？」

「わけがあるんです。それには、最初から事情をお話ししないと」

そしてエリック・ダルトンは、二人の前で静かに語りだした。

「実はぼく、今月の初めに、兄を亡くしたんです」

「まあ」

アイルは同情し、お悔やみを言った。

「あなたのお兄さまなら、まだお若いんじゃなくて？　ご病気だったの？」

エリックは首を横にふった。

「自殺なんです。とりあえず今は、そういうことにされています」

おかしな言い方だとアイルは思った。

「されてるって？」

「ぼくの兄は——ジョック・ダルトンというんですが——シルバートン校の生徒でした。学校側の説明によると、ジョックは学内で盗みを働いていて、自殺したのはそれが発覚したせいだというんです。放校をまぬがれなくなったために、将来に絶望して致死量の阿片《あへん》を飲んだのだと。ぼくも両親も信じられませんでした。ジョックは盗みを働くような不道徳な人間ではないし、絶望して死を選ぶような弱い人間でもない——なかった」

そこでエリックは顔をあげ、心配そうにアイルを見た。

「身内をかばっているだけだと思われますか？」

「いえ——どうかしら」

アイルはエリックを気遣って、慎重に言った。

「わたしはあなたのお兄さまをぞんじあげないし、あなたのことだってそう。でも、少なくとも、あなたとご両親のお気持ちを察することはできるわ」

「ありがとう。ぼくは、いったいなぜジョックが死んだのか、その訳を知りたいんです。ぼくにはぜんぜん納得できない。盗みのこともそうですが、阿片のことだってそうです。ジョックはどうしてそんなものをもってたんでしょう？　それに、だれも彼が死ぬところを見たわけじゃない。遺書だってないんです。だったら、自殺だなんて勝手に断定できないはずだ。殺された可能性も、ないとは言えないでしょう？」

アイルはギョッとした。

「まさか、本当にそう思ってるわけじゃないわよね？」

「決めつけているわけじゃありません」

エリックは、あわてて言いなおした。

「ただ、その――ぼくはどうしても、真相を知りたいと思ったんです。事情を知っている人たちから正直な話を聞きたかった。それで――」

「いっそシルバートンに転入しようと思った？」

アイルが先まわりして言うと、エリックはうなずいた。

「そうです。でも、はじめから希望したわけじゃありません。ジョックは家を出て、シルバートンで寄宿生活を送っていましたが、ぼくは生まれつき体が弱いこともあって、地元の学校に通っているんです。シルバートンへの転入が難しいことは知っています。でも、ジェフリー卿が校長先生に話をしてくださって、特例を認めていただけたんです。ぼくは、今学期の間だけという約束で、兄がいた寮に入れることになりました。ただ、ぼくが弟だとほかの生徒に知れたら、きっと好奇の目で見られるでしょうし、だれもぼくに本当のことを話してくれないかもしれない。それで、正体を隠すように提案されたんです」

「じゃあ、校長先生はごぞんじなのね」

「ええ。それと、舎監のコリンズ先生もごぞんじのはずです」

「二人にはもう会ったの？」

「いいえ。両親はジョックの遺体をひきとるときに会っていますが、ぼくはそのときも重い風邪を患っていて——シルバートンに行くのも、これが初めてです」

「ふうん」

アイルは状況を考えてみた。こんな特例が許されるなんて、どう考えても普通じゃない。ということは、ジョックの死にまだ不審な点があるということなんだろうか？　それとも、ただたんに遺族に同情しただけ？　お父さまは、なにを考えてエリックに肩入れしてるんだろう。

「あなたが父を知っていたのはなぜ？」

「ぼくの父は海軍で働いているんですが、同僚にジェフリー卿をごぞんじの方がいらしたので、紹介していただいたんです」

そして、エリックは思いつめた目をしてアイルを見た。

「お願いです。ポーツマスの両親には知らせないでください。心配をかけたくないんです。明日にはちゃんと出て行きますから」

「だめよ、そんなの。しばらく安静にしているようにって、お医者さまに言われているんだから」

「でも、ぼくはどうしてもシルバートンに行かないと。ぼやぼやしていたら、学期が終わってしまいます！」

興奮して身をのりだしたエリックは、そのままふらりと倒れそうになった。アイルはあわてて彼の肩をささえ、ベッドに寝かせてやった。平気なふりで話しているが、ふれるとまだ額が熱い。

「気持ちはわかるけど、学校に着くまでにまた倒れるのがおちだわ。自分でわかってるでしょ？　無理だって」

「だけど——」

「黙ってお聞きなさい！」

頭ごなしに命じると、エリックはピタリと口を閉じた。侯爵の姪《めい》として人に指図する立場に生まれついたアイルは、その気になれば威厳たっぷりにふるまうことだってできる。

「これ以上つべこべ言ったら、ベッドに縛りつけたままポーツマスに送りかえしてしまうわよ。まずは病気をなおすこと。あとのことはそれから考えるの。いいわね?」

アイルは高圧的な態度でエリックの反論を封じこめ、ダメ押しにもうひとにらみしてから寝室を出た。

だが、エリックの気持ちもわからないではなかった。たった一度だけ許されたチャンスを、こんなことでふいにしてしまうのは、さぞ無念だろう。

「お嬢さま。ぼっちゃまのお荷物は客室に運ばせておきました」

ディクスンが近づいてきて言った。エリックの説明で納得したのか、彼はもう、いつものように執事としての仕事をテキパキとこなしている。

「お召しになっていた上着は洗濯に出してもよろしゅうございましょうね。着替えはおもちのようでございますから」

「寮に入るつもりで出てきたんだもの。そりゃあ、一式もってるでしょ」

なにげなくこたえたあと、アイルはとつぜん、名案を思いついた。

一時間後、ディクスンは夕食の献立を確認するため、アイルの部屋をノックした。

「はい、どうぞ」

ほがらかな返事に扉をあけて、執事はいきなり度肝をぬかれた。

「お嬢さま——!?」

アイルは鏡の前でポーズをとっていた。だが、その姿はもはや〝お嬢さま〟ではなくなっていた。腰まであった自慢の金髪をばっさりと切り、白いシャツと灰色のズボンに紺色のタイまでむすんで、すっかり男の子のようになっている。

「どう？　こうしてみると、わたしとエリックって、けっこう似てるわ。そう思わない？身長も同じくらいだし、髪も目の色もほとんどいっしょだし」

どうやら、エリックの着替えを勝手にもちだしたらしい。ディクスンは悪夢を見ているような顔で、その場に立ちすくんだ。

「……なにをなさろうというんです？」

恐る恐る、訊いてみる。

「シルバートンに転入するのよ」

「お嬢さま！」

ディクスンが叫ぶと、

「シーッ！」

アイルは唇に人差し指をあてた。

「大声をださないで。内緒の話なんだから」

「しかし、お嬢さま——」

「エリックはまだしばらく枕から頭を上げられないでしょ？　せっかく転入を許されたのに、この機会を逃すことないわ。わたしがかわりに行って調べてくる」

ディクスンは、くらくらと眩暈《めまい》を感じた。

「まさかお嬢さまは、**男子校**に寄宿なさるとおっしゃるんですか？　**男子校**に！」

アイルは顔をしかめた。

「何度も言わなくたってわかってるわよ。確かにわたしは男子じゃありません。でも、バレないようにうまくやるし」

「絶対にバレますとも！」

「んもう。ディクスンたら、いつからそんなに頭がかたくなっちゃったの？」

「わたくしの頭は問題ではございません。由緒あるカートライト家のお嬢さまが、よりによって**男子校**に——」

アイルは腰に両手をあて、じれったそうに言った。

「あのね。この場合、どちらが間違ってるかといえば、それはわたしが女であることじゃなくて、むこうが女子学生をうけいれないことなの！」

「お嬢さまのそのお説は何度も拝聴しております。しかし、これがもし世間に知れたら、カートライト家の面目は——」

「お黙りなさい、ディクスン！」

いきなり高飛車な態度にでると、執事はハッと口をつぐんで背筋をのばした。悲しいかな、使用人の条件反射である。アイルはそれに乗じて、キッパリと言った。

「なにを言ってもムダです。わたしはもう決めました。それからね、もしこのことをお父さまに告げ口したら、わたしは一生、おまえを許さないわよ」

＊

列車から降り立ったアイルは、晩秋の冷たい外気にぶるっと身をふるわせた。ここ数日降りつづいた雨のせいで、急に冬が近づいたようだ。

シルバートンの駅は田舎らしくひっそりとしていて、客の姿はまばらだった。アイルはポーターをさがしたが、やっと見つけた男は老婦人の相手に手間どっているらしい。やむなく、アイルは自分で大きな旅行かばんをかかえ、待合室を横切った。

辻《つじ》馬車の停留所まで行くと、アイルはそこでさっそくシルバートン校の制服を見つけた。紺の上着に縦縞《たてじま》のタイをしめた青年が、寒そうに両手を脇にかかえこんで、馬車を待っている。

おやおや。ご学友だわ。

アイルは、愉快な気持ちでそう思った。

これから本当にまともな学校で学べるのだと思うと、胸がわくわくした。ラテン語と歴史にはかなりの自信があったし、ギリシャ語もまあまあ。不安があるのは神学と数学と……でもまあ、なんとかなるだろう。シルバートン校には、優等生のいとこウィルがいるではないか。いざとなったら、教えてもらえるはずだ。

今や一族にとっての誇りとなっているいとこを、アイルはずっとうらやんできた。機会さえあたえられれば、自分だって同じようにやれるのに、と。

そして今、ようやくその機会がめぐってきたのだ。短い間だけの偽りの身分だが、それでもうれしかった。

早くあの上着に袖《そで》を通したいものだ。アイルの気持ちは逸《はや》った。彼女が着る制服は、学校についてから指定の仕立て屋に採寸してもらうことになっている。だから今は、かわりにエリックの一張羅を着ているけれど、本当は自分もシルバートンの生徒なのだと、大声で周囲にふれまわりたいくらいだった。

それにしても——アイルは、隣の青年を横目でちらりと見た。こんな寒い日にコートも着ていないなんて、どうしたことかしら。あらあら、ふるえてる。当然よね。制服の上着一枚じゃ。

案の定、大きなくしゃみが聞こえ、アイルはつられて飛びあがった。

青年はポケットからハンカチをとりだすと、盛大に音をたてて洟《はな》をかんだ。気の毒に、風邪をひいているらしい。

「あのう……」

アイルは思いきって声をかけた。すると、深い緑色の瞳《ひとみ》がこちらにむけられた。

一瞬、アイルはその色にひきこまれた。まるで底なし沼みたいだ。そしてすぐに、相手が男らしく整った顔立ちをしているのに気づいた。髪はカラスの濡《ぬ》れ羽《ば》色《いろ》。お父さまほどの貫禄《かんろく》はまだないけれど、レスウェイルズ女学院の女の子たちなら、きゃあきゃあ騒ぎそう。

もっとも、ご当人はきゃあきゃあなんて気分ではないらしい。不機嫌そうに顔をしかめ、ぶっきらぼうにかえしてきた。

「なんだ?」

紳士にあるまじき態度だった。アイルは軽いショックをおぼえたものの、今の自分はレディではないのだと思い出し、すぐに納得した。

なるほど、男同士だとこうなるわけだ。年齢からいっても、序列はむこうが上なわけだし。ふうん、おもしろい。だとすると、こっちもそれらしくしなくっちゃね。

アイルは自分の荷物の中からマフラーをひっぱりだして、それを相手にさしだした。

「余計なことかもしれませんけど、おつかいになりませんか?」

青年はびっくりしたように目をみはり、戸惑いながらアイルの親切をうけとった。

「……悪いな、坊主」

「ぼく、もう十五ですよ」

本当は十六だが、エリックは一つ下だから、一年分はまけておくしかない。

「そうか。オレは十七だ」

アイルはムッとした。

「そうじゃなくて。ぼくは坊主じゃありません」

「声変わり前だろ?」

アイルは、ハッと口をつぐんだ。

そうか。この問題があった。

男の子って、いつから声が低くなるんだろう？　そういえば、ヒゲも生えてくるって聞いたことがあるわ。お父さまはいつもきれいに剃《そ》ってらっしゃるけど、おじさまは頬ヒゲまでのばしてらっしゃるし。どの部分にどのくらい生えてくるのかしら？

相手の顔をじろじろ見ていると、青年の片眉《まゆ》が不愉快そうにつりあがった。

「オレの顔になんかついてるか？」

「いえあの——あなた、ヒゲ生えます？」

「あたりまえだろ」

うわっ。だとすると、ウィルもそうなんだわ。

ヘンなの！　ものすごくヘン！

「おまえはまだだよな。ひよっ子」

「ぼく……ヘンですか？」

にわかに自信がなくなってきた。成績で男子生徒とはりあうことはできても、ヒゲなんか絶対に生やせっこない。

アイルは次に、ウール地の袖におおわれた青年の腕に目をやった。

これまで、あえて考えないようにしてきたことだが、しかたがない。庭師のイアンや馬番のサイモンがシャツの前をはだけたり腕まくりをしているとき、皮膚に熊のような剛毛が生えているように見えるのは、つまり……あれはもしかして……男性の身体的特徴に階級的差異がないとするならば………

「今度はなんだよ、坊主？」

問いかけてきた声は、今や鋭くとがっている。いいかげん、じろじろ見られることにうんざりしてきたらしい。

不躾《ぶしつけ》なのはわかっていたが、好奇心には勝てなかった。

「あなた、腕にも毛が生えてたりするんでしょうか？」

青年は、あからさまに嫌悪の表情をうかべた。

「やめてくれよ、気色悪いな。おまえホモか？」

「え？　ホ――」

なにそれ？　訊《き》きかえそうとしたとき、

「デレク！」

だれかが、こちらにむかって声をかけてきた。ふりかえって見ると、金髪の青年が駆けてくる。コートをはおっているので制服は見えないが、どうやら彼もご学友らしい。

「今帰りかい？　首尾はどうだった？」

金髪青年は目の前で立ちどまり、息をはずませながら隣の風邪ひき男――デレクというのが彼の名前のようだ――に言った。

「逃げられた。けどまあ、収穫はあったかな。そっちは?」

「大当たり。戦利品を見せようか?」

「いや、あとにしとこう」

デレクがちらりとこちらを見たので、金髪青年はそのときやっと、アイルの存在に気づいた。彼らよりも背が低いせいで、これまで視野に入っていなかったらしい。

「この坊やは?」

アイルは、またもやムッとした。

「ぼくはもう十五です」

「気をつけろよ、クリス。この小紳士はプライドが高いぞ」

デレクが意地悪くからかった。しかし、クリスと呼ばれた友人は、真摯《しんし》に態度をあらためた。

「それは失礼。侮辱したつもりはなかった」

「謝罪は受け入れました」

しかつめらしくこたえると、クリスは面白そうにアイルを見た。

「どうもありがとう。きみが広い心の持ち主でよかった」

皮肉かしら？　アイルはまじまじと相手の顔を見返した。

いや、きっと本心だろう。彼の態度は明るくさわやかで、友人の百倍くらい、感じがいい。

「さっさとひきあげようぜ。この寒さはたまらん」

感じの悪い友人が横から言った。

「きみがコートを質に入れたりするからさ。だいたい、ゲインズボローがダメなのは最初からわかってた」

「おまえに馬のなにがわかる？　ゴール直前で失速するまでは二番手につけてたんだぜ。第一、ジャーニーマンがくるなんて思ったヤツいたか？」

「だからオッズが五十対一なんだ。ぼくが思うに――」

二人はもうアイルを無視してしゃべりながら、あらわれた辻馬車にさっさと乗りこんでしまった。黙って彼らを見送ったアイルは、馬車が見えなくなって、いきなりハッと気がついた。

あっ、マフラー！　もってかれちゃった。

考えてみれば、名乗りあうことさえしなかった。一瞬、しまったと思ったものの、アイルはすぐに気をとりなおした。

「……ま、いいか。どうせ行き先は同じなんだし」

そして、アイルも辻馬車をつかまえ、御者にむかって高らかに言った。

「シルバートン校のマーガリー寮へ！」

とにもかくにも、これが新しい挑戦への第一歩だった。

3

校門をくぐると、楡《にれ》の並木道が延々と先までつづいていた。馬車で行き過ぎるかたわらには、常緑の芝におおわれた競技場がつねによりそっている。いったい何面あるのか、想像以上の広さだ。アイルは窓から外をながめ、遠くで豆粒のような生徒たちが駆けまわっているのを見つけた。

シルバートン校の創立は十九世紀に入ってからで、英国のパブリックスクールとしては新参の部類だ。生徒は十三歳から十八歳までの二百名あまり。といっても、入学時期はまちまちだし、年齢に関して厳格な規定があるわけでもない。半年に一度、進級試験があり、勉強の進み具合によって学年級があがっていく仕組みになっている。卒業後は、オックスブリッジの両大学や、サンダースト陸軍士官学校、あるいはダートマス海軍兵学校にすすむ。それがこの国でお決まりのエリートコースなのだ。

生徒たちは、四、五十名ずつが五棟の寮にわかれて生活していた。校長邸に隣接して建つスクール寮を中心に、ブランドン、チャドウィック、マーガリー、コールリッジの各寮がまわりをかこんでいる。それらは煉瓦色《れんがいろ》の瀟洒《しょうしゃ》な建物で、周囲の緑にしっくりとなじんでいた。

アイル――もといエリック・コールフィールドが入るのは、兄のジョック・ダルトンと同じマーガリー寮だった。彼女が到着したとき、事情を知る舎監教師のコリンズは不在だったが、かわりに寮母のランバート夫人が親切に出迎えてくれた。

さっそく案内された寝室は、十二人の生徒がいっしょに寝起きする大部屋だった。平日の午後なのでみんな出払っていたが、左右に六つずつのベッドがならんでいるので、それが知れた。

女子の寄宿学校を経験しているアイルは、集団生活には慣れていた。要するに、同室の顔ぶれの性別がちがうだけだ。細かな学校の規則があり、窮屈なのも同じ。だが、ここには未来があった。まじめに勉強すれば、なんにだってなれる。

胸が焼けつくような羨望《せんぼう》をおぼえた。アイルがここにいるのは性を偽っているからで、彼女自身の未来がひらけたわけではない。

でも、やってみる価値はあるわ、とアイルは思った。彼女がここで優秀な成績をあげることができたら、それがなによりの証明になる。女だからといって、決して能力が劣っているわけではないということ。彼女はそれを、まず自分自身に示したかった。

「あなたが使うのはここですよ。いつも身ぎれいにして、自分で整理整頓《せいとん》を心がけるようにね」

ランバート夫人はアイルのベッドを示し、テキパキと注意事項をならべた。

「入浴は週に二度、洗濯物は——」

そのとき、時計塔の鐘が鳴った。ランバート夫人は肩をすくめ、「騒々しくなるわよ」とアイルに警告した。

「四時十五分からホールでお茶をいただきます。遅れないように」

そう言い残してランバート夫人が出て行くと、入れ替わりに、アイルと同じ年ごろの少年たちがどやどやとなだれこんできた。なにかのスポーツを終えたばかりらしい。みんな泥だらけだ。

彼らは新顔に気づきもせずに次々とかたわらを通りすぎ、

「惜しかったな、もう少しでトライが決められたのに」

「マシューズにタックルされたら、だれだって死ぬよ」

「あいつ、また体重が増えたってさ」

「なに食ってんだ、いったい？」

などと、よくわからない話題を口にしながら——

アイルはとつぜん、目をむいた。彼らはなんと、そこでいきなりシャツを脱ぎはじめたのだ！　あっという間に裸の少年たちにとりかこまれたアイルは、真っ赤になって悲鳴をあげた。

「きゃあああああああああああああああぁぁぁぁぁぁぁ——っっっ!!」

少年たちは一斉にふりかえり、アイルにけげんそうな顔をむけた。

しまった！　と思ったときには、あとの祭り。アイルは、今度はたちまち真っ青になり、気まずさから逃れるとっさの手段として、その場にばったりと倒れた。

長年にわたってすりこまれた教えというのは、恐ろしい。自分にとって都合の悪い事態に出くわすと、上流の貴婦人というのは気絶するものなのである。

しかし、これがまた大失敗だった。今のアイルは貴婦人ではなくて少年なのだ。しかもここは学校である。当然、ちやほや介抱してもらえるわけもなく——

「……どうしたんだ？」

「ていうか、こいつ誰だよ？」

「さあ」

好奇の目にかこまれて、アイルはますますひっこみがつかなくなってしまった。死んだふりをしたまま内心で冷や汗を流していると、今度はどたどたと足音がして、人のよさそうな中年男が飛びこんできた。あとでわかったことだが、舎監教師のコリンズだった。

「どうした⁉ 今の黄色い悲鳴はなんだ？ なにがあった？」

コリンズは当惑顔の生徒たちをかきわけ、床の上に横たわっているアイルを見つけた。

「きみ！」

ギョッとして叫ぶ。

「転入生か？ いったいどうした⁉」

アイルは、このチャンスを逃さなかった。

「う……うう……ん……」

わざとらしいうめき声をあげて薄目をあけると、コリンズは心配そうに顔をのぞきこんできた。

「気がついたかね？ 大丈夫か？」

アイルは胸もとをおさえ、弱々しい声で言った。

「すみません……実はぼく、心臓に持病があって……」

「持病だって⁉ そりゃいかん！ おい、だれか医務室に――」

ふりかえるコリンズの袖《そで》を、アイルはあわててつかんだ。

「いえ、大丈夫です。それより、ウィリアム・カートライトを呼んでもらえませんか？

親戚《しんせき》なんです」

＊

通報をうけたウィルは、わけがわからぬまま医務室に足を運び、そこでいとこにそっくりの少年を見つけて、度肝をぬかれた。

「……アイル!?　なにをやってるんだ、こんなところで！」

「シッ！　シーッ！」

アイルはあわてて人差し指を口にあてた。

「わけはあとで話すわ。今はこの場をなんとかしてよ！」

ふりかえると、戸口には野次馬が鈴なりになっていた。生徒たちの好奇に満ちた視線が、今や二人に集中している。ウィルはコホンと咳払《せきばら》いをし、彼らの前に立ちふさがった。

「親戚が迷惑をかけてすまなかった。もうおひきとりいただいてけっこうだ」

そう言ってウィルは、勢いよく扉を閉めた。

「さあ、説明してもらおうか。いったいどういうことだ？　きみはイザベラ大おばさまのところに行ったんじゃなかったのか？」

ふたたびアイルとむきあったウィルは、厳しい態度で問いつめた。が、

「まあね。ちょっと予定を変更したのよ」

アイルは悪びれる様子もない。

「それは見ればわかる。ぼくは、なぜきみがここにいるのかと訊《き》いているんだ。しかも、髪まで切って！　信じられないよ」

女にとって命ともいえる髪をばっさり切ってしまうなんて、とても正気の沙汰《さた》とは思えない。ところが、当の本人は、むしろ得意げに肩をそびやかしているのである。

「ふふん。ちゃんと男の子に見えるでしょ？　実は、これには訳があるの」

そこでアイルは、本物のエリック・コールフィールドと知り合った経緯をすべて話して聞かせた。ウィルは、ますます信じられないという顔つきになり、最後はとうとう呆《あき》れかえって言った。

「事情は理解したが、だからって、なにもきみが自分で来ることはないだろう？　そもそも、きみにはなんの関わりもないじゃないか」

「あら、そうかしら。そりゃあ、シルバートンは女子学生の入学を許可していないから、

わたしは部外者かもしれないわ。でもね、カートライト家の人間としては、他人事《ひとごと》とはいえないわよ。だって、お父さまはこの学校の理事の一人なんだもの。ここでなにが起こっているのか、ちゃんと知っておくべきだと思うの。だって、生徒が一人死んだのよ？　しかも、遺族は殺人かもしれないなんて疑ってる。ゆゆしき事態だってことは認めるでしょ？」

だが、ウィルは少しも彼女に同調してくれず、それどころか、ますます厳しい顔つきになって言った。

「アイル。きみが女だてらに弁の立つことは認めよう。しかし、ぼくがごまかされるとは思わないことだ」

すると、アイルは反発して下唇をつきだした。

「その、女だてらって言葉やめて。侮辱だわ」

ウィルは深いため息をついた。

「まさしくそれが原因なんだな。きみはダルトン兄弟のためを思ったわけじゃなくて、ただ自分の能力を証明したいだけなんだ。自分は男にもひけをとらないんだってことをね。そうだろう？　だが、もしこのことがバレたら、どうなると思う？　きみの評判はだいなしだ。とんでもない恥辱をこうむることになるぞ」

「だったら、ますます協力してもらわないとね」

「アイ――」

ウィルは思わずむきになりかけたが、すんでのところで自分を抑えた。コホンと一つ咳払いをして言う。

「わかった。じゃあ、大おばさまはどうなんだ？　きみがブライトンに行かなければ、当然、大おばさまは心配なさって、ロンドンの屋敷に連絡をよこされる。ことによると、ご自身で様子を見にいらっしゃるかもしれない。そうなったら、退学がバレるどころの騒ぎじゃなくなると思うがね」

ところが、期待に反してこの脅しも、アイルにはまるで効果がなかった。

「ああ、そのことね。大丈夫。大おばさまには手紙を書いてきたの。思っていたよりも早く学校が再開されそうだから、残念だけど今回はおうかがいできませんって。まんざら嘘でもないでしょ？　だって、わたしは現に学校にいるんだもの」

「これが嘘じゃないだって？　よくもそんなことが――」

「ウィル、いいかげんにして。来ちゃったものは、しかたがないわよ。そうでしょ？　転入してきたのは間違いでした、実は女なのでなかったことにしてください。みんなにそう説明するわけ？　そのほうが馬鹿げてるわ」

ウィルは、ぐっと言葉につまった。この口のへらないいとこを説得するのは、犬に逆立ちをさせるよりも困難なことだと、彼はだれよりもよく知っていた。

＊

数分後、ウィルは六時限目の授業に出るべく、大股《おおまた》で校庭をよこぎっていた。シルバートンの生徒は、つねに鐘の音に追いまくられながら生活している。分刻みの時間割、山のような課題、卒業するまで、余計なことなど考える暇もない。

しかし、今や彼は、一人でこの異常事態に対処しなければならないのだ。あのはねっかえりが次はどんな騒ぎをひきおこすのかと思うと、まったく気が気ではなかった。

たしかに、いとこが自分の立場に不満をもっていることは知っていた。できるだけ理解も示してきたつもりだった。だが、まさか女の身で男子校にもぐりこんでくるなんて！

まったく常軌を逸している。しかし一方では、実に彼女らしいともいえるのだ。思い立ったら即実行の鉄砲玉で、しかも変に知恵がまわるから、よけいに始末が悪い。

この問題はまたあらためて話しあうことにして、あの場はひとまずひきさがったものの――あの頑固者を追いかえすのが容易な仕事でないことは、彼にはよくわかっていた。

いったい、どうすればいいのだろう?

ウィルが頭を悩ませていると、背後から呼びかける声があった。

「カートライト君」

ふりかえったウィルは、校舎のそばに立つ恰幅《かっぷく》のいい紳士の姿を認めた。ウィスラー校長だ。

「校長先生——」

学校創立以来、カートライト家はつねにシルバートン校と深いかかわりをもってきた。毎年多額の寄付をしているし、つねに親族のだれかが理事をつとめている。そんなことから、ウィルはしばしば校長邸のお茶に招かれ、夫人とも懇意にしていた。

もっとも、だからといって公の場で特別扱いをされたことはないが、そもそもそんな必要はなかった。ウィルは自らの優秀さで、周囲の評価を勝ち得ていたからだ。

「どうした? 早く講堂へ行かないと、もうすぐ鐘が鳴るぞ」

次の授業は、校長自らが教鞭《きょうべん》をとる神学だった。

「すみません、急ぎます」

こたえて立ち去ろうとすると、ウィルはふたたび呼びとめられた。校長の思慮深い眼差《まなざ》しが、じっと彼に注がれている。

「ふむ。きみは今、医務室から出てきたようだったが？　どこか具合でも悪いのかね」

「ぼくじゃありません」

そのときウィルは、一つの安全策を思いついた。個人的なコネをつかうのは気がすすまないが、今回ばかりはやむを得ない。

「校長先生。実は、折り入ってご相談があるんですが——」

＊

夕方になって、アイルはようやく医務室から解放された。ひとまず発作はおさまったと判断されたためだが、もちろんそれは当たり前だ。アイルはもともと、まったくの健康体なのである。

それからふたたびマーガリー寮にまいもどると、奇妙なことがおきていた。昼間、寝室に運びこんだはずの自分の荷物が、みんなホールに出されていたのだ。そしてアイルは、寮母のランバート夫人から唐突に寮替えを言いわたされた。

アイルはおどろいて理由を訊《たず》ねたが、ランバート夫人も急な指示に困惑しているらしく、なんとも要領を得ない。舎監教師のコリンズはまだ教室で生徒を教えていて、しばらくもどらないらしい。しょうがないので、アイルはよく事情がのみこめないまま、かばんをかかえて今度はスクール寮にむかった。

ようやく事態を理解したのは、新しい寮の玄関に足をふみいれたときだ。

「やあ、コールフィールド君。よく来たね」

そこには、二時間近く前に別れたばかりのいとこが、すました顔をして立っていた。

「寮母のミセス・グラントは今、手がはなせなくてね。かわりにきみの面倒を見るように言いつかっている。ぼくが部屋に案内しよう」

それでようやく、からくりが見えた。このお節介ないとこは、彼女を自分の監視下におこうというのだ。

「企《たくら》んだわね？」

アイルがにらみつけると、

「なんのことかわからないな、コールフィールド君」

ウィルはすずしい顔でしらばっくれた。

「わたしをマーガリー寮から追い出すなんて卑怯《ひきょう》よ！　いったい、どうやって――」

「まちがえてもらっちゃこまるな。ぼくはただ、持病もちの親戚が心配だと校長先生に相談しただけだ。そうなると当然、ぼくと同じ寮のほうが安心だろうということになる。発作を起こしてぼくを頼ってきたのは、きみのほうだろう？　コールフィールド君」

アイルは、ぐっと言葉につまった。まさか、とっさの出まかせを逆手にとられるとは、思いもしなかった。

「さあ。さっさと荷物を運びたまえ。きみの部屋は二階の南端だ」

腕を組んでそう言ったまま、しかしウィルは動こうとしない。アイルは口をとがらせた。

「手伝ってくれないの？」

するとウィルは、ちらりとアイルを見た。

「きみがか弱いご婦人なら、手を貸すにやぶさかではないが」

あからさまな嫌がらせである。

「いいわよ」

アイルはつんとして両手にかばんをかかえ、よろよろしながら階段をのぼっていった。

まったく、信じられない！　ウィルがあんなに底意地が悪かったなんて。

スクール寮の十二人部屋も、見た目はマーガリー寮とまったくかわらなかった。そして、アイルが荷物を整理していると、ここでも大勢の野次馬にとりかこまれた。同室の生徒ばかりでなく、上級生までが入れかわり立ちかわりやってきて、まるで動物園の珍獣でも見るように、アイルをじろじろとながめまわしていく。

「へえ、あいつか。カートライトがコネつかって同じ寮にしたっての」

「ほんとかよ？　あのカートライトが。めずらしいな」

なんだか、おかしな感じだった。彼らが言う〝カートライト〟はもちろんウィルのことだが、アイルだって正体の本名はカートライトだからだ。

そのとき、わざとらしい咳払《せきばら》いをしながら、噂のカートライトがやってきた。

「彼は病気なんだ。だれかが気をつけている必要がある」

ウィルがみんなに説明すると、

「病気ってなんの？」

すかさず質問が飛んできた。そして、

「まさか、あっちの気があるってんじゃないよな？」

だれかの軽口に、どっと笑いが起こった。だが、アイルにはなんのことだかさっぱりわからない。

「あっちの気って、なに？」

小声でウィルに訊ねると、

「いいんだ、気にするな」

彼は生徒たちにむかい、にらみをきかせて言った。

「いいか？　彼は病弱で世間知らずなんだ。妙なちょっかいを出すんじゃない」

「お姫さま育ちか？」

だれかがかえし、またみんなが笑った。

アイルは屈辱を感じた。正確な意味はわからなくても、さすがに自分が馬鹿にされているのはわかる。

いったい、どこで間違ってしまったのだろう？　憧《あこが》れの学校生活は、最悪のすべりだしだった。

＊

夜になると、アイルはお茶の時間を医務室で過ごしたことを猛烈に後悔した。シルバートンでは夕食がでないので、耐えがたい空腹に襲われたのだ。

生徒たちが大食堂で食事をとるのは朝と昼だけ。夕方は各寮のホールでお茶と称する軽食をとる。それで、一日分の栄養補給は終わりらしい。

こんなことなら、非常食をいっぱい用意してくるんだった、とアイルは思った。だが、今さらそんなことを考えついたって、あとの祭りだ。一度入寮してしまうと、もう勝手に校外に出ることは許されないし、生徒の全休日は月に二日しかなく、半休の日は外出許可をとって町でちょっとした用をすますくらいのことしかできない。そもそも、全寮制の学校で金が必要になるなんて思わなかったから、食料を買いこもうにも所持金はわずかしか残っていなかった。

要するに、いくらぼやいてみたところで、今この空腹を満たす手段はなにもないということだ。明日の朝食を夢見て、ひたすら耐えしのぶばかりである。アイルは、あきらめて勉強部屋にむかった。

消灯前の二時間は自習と決められていて、生徒たちはそれぞれが自分の勉強部屋にひきこもる。寝室は十二人がいっしょにおしこめられる大部屋だが、こちらは狭いながらも二人に一部屋が割り当てられていた。机と棚だけの狭い場所でも、ないよりはマシ。そこだけが唯一、生徒たちにゆるされた、プライベートな空間だった。

勉強部屋でアイルと同室になったのは、赤毛の少年だった。ノックして中に入ると、すでに机にむかっていた彼は顔をあげ、「やあ」と言った。アイルもつられて、「やあ」とかえした。

そばかすだらけの陽気そうな笑顔に、アイルは好感をもった。だが、それも次の言葉が出てくるまでのことだ。

「きみ、ウィリアム・カートライトの親戚《しんせき》なんだって？」

たちまち、アイルはむっつりと顔をしかめた。

「ああ。そうだよ」

この先、ずっとそう言われるのかと思うと、うんざりした。

それはたしかに、最初にウィルに助けを求めたのは自分だ。だが、この学校でいとこがどんな地位を占めているのか知らなかったのだから、しかたがない。

ウィルはスクール寮の監督生だった。それは、寮の最上級生の中から特に優秀な生徒だけが選ばれる、舎監教師の補佐役だ。監督生はつねに生徒たちの模範となり、率先してみんなを束ねていくことを期待されていた。

そして、ウィルはそんな監督生たちの中でも、さらに特別な存在だった。侯爵家の嫡男で毛並みがいいのはもちろんだが、成績も入学以来つねに首席で、校長や教官たちのおぼえもいい。下級生からは慕われると同時に恐れられ、同級生からも尊敬を集めている。要するに、学内の有名人だ。そんな彼の親戚だと言えば、注目を浴びるのは当然のことだった。

赤毛の少年はすっかり得心がいったという顔で、無邪気に言った。

「それでかあ！　きみを最初に見たとき、アイリーン・カートライトにそっくりだと思ったんだ」

教科書を整理していたアイルは、棚にごちん！　と頭をぶつけた。

「なっ、なに——？」

「大丈夫かい？　たんこぶできなかった？」

彼は立ち上がって、心配そうに言った。アイルは大丈夫だと片手をふった。そんなことより、問題は——

「アイ、アイリーンを知っているの？」

うろたえまいと思っても、声が勝手にうわずってしまう。

「うん。何度か見かけたことがあるよ」

こっちは知らないわよ！

「きみ、名前、なんていったっけ？」

「トビアス・バロウズ」

それで思い当たった。

「もしかして、きみ、サー・トーマス・バロウズの？」

「うん、息子さ。三男なんだけどね」

サー・トーマスは父の古い知り合いだ。とんだ少年と同室になってしまった、とアイルは思った。なんとか話をそらさなければ。

「ぼくは、そのう、アイリーンのことはよく知らないんだ。つまり、ええと——ぼくはウィルの母方の親戚なんだよ。だから」

「ふうん？　残念だね。アイリーンって、すごくきれいな子なんだ」

アイルは赤くなり、あわてて顔をそむけた。

「そっ、そんなことないよ。きみって目が悪いんじゃないの」

恥ずかしさからついぶっきらぼうに言うと、バロウズはムッとした。

「失礼だな」

しまった、とアイルは思った。

「ごめん。きみを侮辱する気はなかったんだけど——」

「そうとも、アイリーンを侮辱したんだ」

「そんなつもりもないよ！　ただ、あの、苦手なんだ。ああいうタイプって。だから」

「じゃあ、きみはどんなタイプが好きなの？」

「えっ？」

きりかえされて、アイルはまごついた。好きな女の子のタイプですって？　そんなの、考えたこともないわ。

「さあ。あんまり興味ないな」

すましてこたえたあと、きゅるるるる……と、お腹が鳴った。ばつの悪さにまた顔を赤らめると、バロウズは少しも笑わずに「お腹すいてるの？」と言った。

「うん。まあ、ちょっと。いや、かなり……」

アイルはもごもごと言った。そして、恥をしのんで、昼からなにも食べていないのだと打ち明けた。

「なんだ。言ってくれればよかったのに」

バロウズはあっさり言って、自分の荷物の中からビスケットの缶をとりだした。たちまち、アイルの目はその食べ物に釘付《くぎづ》けになった。

「ヘクサムからまきあげたんだ。今日、アトウッドが何回トライできるか賭《か》けてさ。いっしょに食べようぜ」

なんの話かよくわからなかったが、最後の言葉だけは聞き逃さなかった。

「……きみって、いいヤツだな」

現金にも、アイルは本気でそう思った。涙がでそうだ。いや、実際もう目のふちがうるんでいた。

「マーマレードもあるよ。いる？」

「いる！」

今度は飛びつくように言った。

「フォースターからもらったんだ。あいつ、休暇明けには山ほどおふくろさんからもたされるんだぜ。うちの料理人は、そんな気のきいたことしてくれないよ。厨房《ちゅうぼう》にしのびこんでクリームをなめたら、女中頭に耳をひっぱられるもんな。きみんとこは？」

「そうだね。同じかな。そっちの瓶はなに？」

「こけもものジャム。好きなら全部食べていいよ」

「ほんと？　きみって天使みたいだ！」

「大げさだな。友達だろ」

だとすると、最良の友達とは、空腹を満たしてくれる存在のことなのだ。

アイルは遠慮なくビスケットを全部たいらげ、こけももジャムを一瓶からにし、マーマレードは半分残してバロウズにかえした。太っ腹な彼は怒らなかった。

こうして、波乱の一日目は終わった。

4

翌日の朝食時には、全校生徒が大食堂に集まった。テーブルは寮ごとに分かれているが、監督生以外、席は自由だ。それでもウィルに手まねきをされたので、アイルは彼の隣にすわった。どうやら、まだなにか言いたいことがあるらしい。

椅子に腰をおろしたとたん、だれかがアイルの肩をぽんと叩《たた》いた。

「よお、お姫さま」

ふりかえったときには、すでに通り過ぎていた。

だれだろう？　けげんに思っていると、また肩を叩かれた。後ろを通る生徒が、次々と彼女に声をかけていく。

「おはよう、お姫さま」

ぽん。

「調子はどうだ？　お姫さま」

ぽん。

「元気かい？　お姫さま」

ぽん。

いやがらせだ。アイルはすぐに気づいて、彼らをにらみつけた。

「しかたがないね。実際そうなんだから」

ウィルは肩をすくめた。この件では、味方になってくれるつもりはないらしい。アイルがはやく音をあげて帰ればいいと思っているのだ。

「ウィルって、意地悪だ」

アイルは、むっつりと言った。

たしかに彼女は侯爵の姪《めい》で、血筋の良さは折り紙つきだ。だが、今のお姫さまあつかいが敬意の表れなんかじゃないことはわかる。なにしろ、エリック・コールフィールドは、れっきとした男の子なのだから。

この不名誉なあだ名は、どうにかして返上しなければ。アイルは、優先課題として頭の中のメモに書きとめた。

お祈りが終わって食事がはじまると、日ごろ騒々しい生徒たちも、さすがに静かになった。アイルも言葉をなくした。だが、食べるのに忙しくなったためではない。唖然《あぜん》としてた。

しまったのだ。

皿は二つ。ほんの少しのオートミールと、燻製《くんせい》のニシンだけだった。

「……ちょっと訊《き》くけど」

小声でウィルに言った。

「うん？」

「これが朝食？」

「ごらんのとおり」

「お昼のメニューは？」

「似たようなものかな。パンが一切れ、申し訳程度の肉が入ったジャガイモ料理が一皿。粗食に耐えるのも修行のうちさ。テーブルの快楽にふける者は堕落したと見なされる」

アイルは泣きたいような気分になった。

「……おなかすかない？」

「いやなら屋敷にもどりたまえ。スコーンでもオムレツでもローストチキンでも、好きなだけ食べたらいい」

アイルはごくりと喉《のど》を鳴らした。だが、すぐに顔をひきしめ、スプーンをつかんだ。

「その手にはのらないよ」

ウィルに我慢できるなら、自分にだってできる。それに――アイルはオートミールを一口試してみた――貧相なメニューではあるが、それほどまずいわけでもない。

急いで飲みこむとあっという間になくなってしまうので、アイルはゆっくりと燻製ニシンを噛《か》みしめながら、あたりの様子を観察した。と、そのときだ。アイルの目は、一つむこうのテーブルにすいよせられた。

そこには、信じられないくらい太った生徒がいた。なお信じられないことには、その生徒の前には、パンや果物やチーズ、肉の缶詰にピクルスの瓶が、所狭しとならべられている。

アイルは、隣のウィルを肘《ひじ》でつついた。

「ねえ、あの人」

「ああ」

ウィルは顔をあげ、アイルの言いたいことを察した。

「ヘフティ・ハリー《ふとっちょ》と呼ばれているヤツだ。マーガリー寮の六級生だよ」

「ずるいよ！　ああいうの、ありなの？」

「自前で食料をもちこむのは勝手だが、たいていは小遣いがつづかない」

「彼はつづいてるみたいだよ」

でなければ、あんなに太れるはずがない。アイルは恨めしげに〝ふとっちょ〟殿を見つめた。なんとまあ、彼の食欲の旺盛《おうせい》なこと。肉もピクルスもパンもチーズも果物も、どんどん彼の口の中につめこまれて消えていく。みんなが食事を終えて席を立ちはじめても、彼はまだ食べていた。

と、彼の後ろを通ろうとした生徒が、邪魔そうに背中をおしのけた。

「どけよ、ヘフティ。いつまで食ってんだ?」

そのとき、とんでもないことが起こった。ヘフティの太い腕がぶんと一振りされ、無礼な生徒をふっとばしたのだ!

「ぐあっ!」

腹部に強烈な一撃をくらった生徒は背後の壁に激突し、ずるずると床に沈みこんだ。

ヘフティはゆっくり立ち上がると、脂肪のついたまぶたの下から薄青い目をキラリと光らせ、威厳たっぷりに言った。

「美食大王と呼べ」

アイルは、あんぐりと口をあけた。

「いいかい? ここでは異質な者はからかいの的になる。きみにはむいてないよ、アイル。なにか口実をもうけて、早く屋敷にもどるんだ」

ウィルはまた小声でお説教をはじめた。

「だったら、ここのやり方をおぼえればいいんだろ？」

こたえたところで、またべつの生徒がアイルの肩をぽんと叩いた。

「よお、お姫さ——」

アイルは右手で握り拳《こぶし》をつくると、次の瞬間、思いっきり無礼者の顔面を殴りつけた。

「——ぶっ！」

相手は不意をつかれてまともにくらい、そばの椅子をなぎ倒してひっくりかえった。

アイルはゆっくりと立ち上がって相手に冷ややかな一瞥《いちべつ》をくれ、威厳たっぷりにこう言った。

「王子さまと呼べ」

たちまち、あたりは唖然とした空気につつまれた。殴られた当の生徒も、こんな反撃は予想していなかったのだろう、鼻から血がたれているのにも気づかずに、ぽかんと彼女を見上げている。

アイルはいとこをふりかえり、にっこりと微笑んだ。

「こういうやり方でよかったかな？」

ウィルは片手で頭をかかえて、深いため息をついた。

「大おばさまがごらんになったら、卒倒なさるな」

＊

一時限目の授業が始まるまでまだ少し時間があったので、アイルは教科書をとってきたあと、誘われてウィルの部屋に立ちよった。

シルバートンの生徒は通常、十二人部屋で寝起きしているが、監督生には特権があった。一階の玄関そばに、寝室と勉強部屋とを兼ねた個室があたえられるのだ。そこはウィルらしく整然と片付いていて、居心地のよい場所だった。

ウィルはアイルを中に招き入れると、寮の厨房でお茶をもらってくると言い、ティーポットをもって出ていった。

アイルは、ほっと息をついてベッドの端に腰をおろした。シルバートンに着いて以来、はじめて緊張から解放された瞬間だった。

ここでは、寝ているときも起きているときもつねに周囲の目があるから、一瞬たりとも気をぬくことができない。もちろん覚悟はしていたし、音をあげるつもりなんて毛頭ないが、われながら、とんでもない冒険にのりだしたものだと思う。

しかし幸い、今のところはまだアイルが女だと疑っている者はいないようだ。例のお姫さま呼ばわりは初日の失敗とウィルの過保護のせいでつけられたあだ名だが、皮肉なことに、それが隠れ蓑《みの》にもなっていた。エリック・コールフィールドは病弱でたよりない、まるで女の子のような男の子というわけである。

アイルはポケットから手鏡をとりだし、自分の顔を映した。頬がピンク色をした金髪の少年が、じっとこちらを見つめている。

どうにも迫力に欠けるわね、とアイルは思った。こんなだから、みんなから侮られるんだわ。

顔をしかめて、きりっとした表情をつくってみる。うーん、今ひとつ。もっと眉《まゆ》が濃かったらよかったのに。人差し指で眉尻《まゆじり》をつりあげたとき、扉がひらいた。アイルは顔をあげ、鏡をさっとうしろにかくした。戸口にあらわれたのは、ウィルではなかった。

「おい、カートライト。昨日のラテン語の――」

そこまで言ってから、訪問客はアイルに気づいた。けげんそうに目を細めて言う。

「――おまえはだれだ?」

アイルは、あっと口をあけた。駅でマフラーを貸した、風邪ひき男だった。たしか、デレクとかいったっけ。むこうは覚えていないらしいが。

「ぼく、あの――エリック・コールフィールドです」

「ああ」

彼は、なにかに思い当たったような顔をした。

「みんなが騒いでたお姫さまか。カートライトもとんだお荷物をしょいこんだもんだ」

棘《とげ》のある物言いに、アイルはムッとした。

「ぼくはお姫さまじゃありません」

「でも、お荷物なのは本当だろ、転入生」

アイルは反論したいのをぐっとこらえ、ちがうことを言った。

「風邪は治りましたか？」

「あん？」

「昨日、駅で会いましたよね」

「かもな。悪いが、転入生。オレはおまえにかまってられるほど暇じゃない。このノート、カートライトに返しといてくれ」

そう言って彼はアイルにむかってノートを放り投げ、返事も聞かずに扉を閉めた。

数秒後、ちょうど入れ替わるように、ウィルがもどってきた。

「待たせたね、アイル」

「ぼくはエリック・コールフィールドだよ」

アイルが注意すると、ウィルはすぐに訂正した。

「そうだった。コールフィールド」

どういうわけか、ここではみんな、友人のことを姓で呼びたがる。それが、彼らにとってカッコイイやり方らしい。

同室のトビアス・バロウズだって、本当はトビーのほうが絶対ピッタリくるのに（だって、鼻の頭にそばかすのある、赤毛の男の子なんだから）、当人は断固としてその呼び名を拒絶した。

男の子というのは、ときどき馬鹿みたいなことにこだわるものだ。しょうがないので、アイルは心の中でトビーと呼んで、口ではバロウズと言っている。

「ノートが返ってきたよ」

アイルはラテン語のノートをさしだした。

「ああ。マーストンに貸してたヤツだ。たった今、廊下で会ったよ」

「マーストンっていうんだ、あの人」

「デレク・マーストン。ぼくと同級だ」

そういえば、自分は礼儀正しく名乗ったのに、あの男はそれを無視して名乗らなかった。

ますます不愉快だ。

わたしがお荷物ですって？　えらそうに、なによ？　なんにも知らないくせに！

ウィルは、アイルのふくれっつらに気づいた。

「彼となにかあったのかい？」

「べつに。ただ**ものすごく失礼**だっただけ」

ウィルは小さく笑い、アイルの頭をぽんぽんとたたいた。

「気にするな。あいつはいつも口が悪いんだ」

アイルは、だまっていとこの顔を見上げた。

ウィルって、不思議。なんにも言わなくても、いつも自分の気持ちを一番にわかってくれる。

「ところで、アイル。きみがシルバートンにとどまることについてだが——」

前言撤回。ただの説教くさいいとこだわ。

「その話はついてるでしょ？」

アイルは口をとがらせた。

「もう反対はしないよ。どうせムダだからね。だが、一つだけはっきりさせておきたいことがある」

「なにかしら？」

「きみがダルトンのために調査するのはいい。だが、一人で先走らないこと。必ずぼくに相談することが条件だ」

「どうせ、わたしを監視するつもりで寮をかえさせたくせに」

「そういうきみは、ぼくの助けがほしくて医務室に呼びつけたんだろう？」

アイルは、むっつりと口を閉じた。それは、まったくその通りだった。はじめから、ずいぶんとウィルの存在をあてにしていたことは否定できない。

それというのも、ウィルはきっと無条件で協力してくれると信じていたからだ。非難がましいことは一切言わず、自分を支持してくれると信じていた。見通しが甘かったことは認めるが、それでもウィルの助けは必要だった。

「……わかったわ。約束したら、マーガリー寮にもどしてくれる？」

「今さらそれは無理だね」

「だって！　そうでなかったら、どうやって調査すればいいの？　事情を知ってるのは、マーガリー寮の生徒だけだわ」

「コリンズ先生なら事情を話してくれる。今日の放課後、いっしょに行こう」

どうやら、ウィルはアイルの行動にいちいち目を光らせるつもりでいるらしい。責任感の強すぎるいとことというのは、困りものだ。

＊

シルバートンのような全寮制の学校では、校長と舎監教師は、たいてい家族といっしょに校内に住んでいる。マーガリー寮の舎監教師コリンズもまた、妻と二人暮らしだった。

コリンズはどうやら、昨日からアイルが訪ねてくるのを待ちかねていたらしい。それも当然のことで、彼はエリック・コールフィールドの正体と目的を——アイルではなく本物のほうだが——知っているのだ。アイルとウィルはさっそく居間に通され、コリンズ夫人からお茶と手製の菓子をふるまわれた。

「きみがジョック・ダルトンの弟だということは聞いている」

コリンズはまずアイルにむかって言った。

「もろ手を挙げて歓迎したいところだが、こんな形で会うことになったのは残念だよ」

「ぼくもです、コリンズ先生」

アイルは神妙な顔でかえした。

「それから——カートライト君」

次にコリンズは、ウィルにむきなおった。

「きみが彼の世話をひきうけてくれてよかった。ジェフリー卿《きょう》から頼まれたんだね？」

どうやらコリンズは、先日のアイルの出まかせを、そんなふうに解釈したらしかった。

「そんなところです」

ウィルは、あいまいにこたえた。せっかく相手がそう思ってくれているのだから、わざわざ誤解を正す必要もない。バレて困るのは、むしろアイルの正体のほうなのだ。

「それで、エリック。わたしにどんな手伝いができるだろうか？」

「すべてを話していただきたいんです、先生。ぼくは、兄が自殺したなんていうことも、盗みを働いたなんていうことも、絶対に信じられません」

アイルは真剣にエリックの気持ちを代弁した。彼がここにいたら、きっと同じことを言ったはずだ。

コリンズは同情深げにうなずいた。

「きみの気持ちはわかるよ。しかし、盗みについては、本人が自分で名乗りでてきたのだ」

「なんですって？」

「新学期がはじまってから、間もなくのことだ。学内で盗難が相次いで、問題になってね。ふだんなら、生徒が大金や高額な身のまわり品を寮にもちこむことはないんだが、休暇明けでみんな手つかずの小遣いをもっていたから、これがまずかった。それから、父親の形見の紋章入り指輪をお守りがわりにもち歩いていた生徒がいて、いつの間にか紛失したといって泣きついてきた。明かしてしまうが、わたしも懐中時計をなくした。実のところ、そのいずれも盗難だという証拠があったわけじゃない。しかしジョックは、みんな自分が盗んだのだと、はっきり言ったんだ」

アイルは、思わず身をのりだした。

「ジョックは、盗んだ理由を話しましたか？」

「いや。それについては、頑としてこたえなかった。事情があって理由は言えない。指輪も時計も、すでに売り払ってしまった。申し訳ない、後悔しているとくりかえすばかりでね。それでは、こちらがかばおうにもかばいきれない。だから彼に言ったんだ。このままでは放校処分はまぬがれないと。彼はもう覚悟しているようだったが、一晩考えて、また話したいことができたら来なさいと言って、その日は帰した。異変に気づいたのは、消灯後の見まわりのときだった。寝室に彼の姿がなかったので、監督生を起こしていっしょにさがさせたんだ。彼は自分の勉強部屋に倒れていた。医師を呼んだが、すでに息はなかった。そして――彼のかたわらに、阿片《あへん》チンキの瓶が落ちていた。中は、からだったよ。致死量を飲み干したんだ」

「どうして、そんな——」

言葉が喉《のど》につかえた。コリンズの話は、想像以上にアイルの胸に生々しく響いた。

「わからん」

コリンズは首をふり、うなるように言った。

「だって、阿片チンキなんか、どうしてジョックが——？」

「それもわからん。あらかじめ覚悟の上で用意していたとしか考えられない」

状況を考えれば、自殺は疑いようもないことに思えた。コリンズが嘘をついているとは思えないし、その理由もない。

盗癖を暴かれての放校となれば、ジョックはもはや一生、まともな世間では生きていけなくなるだろう。大陸か植民地にでも行って、一からやりなおすしかない。それゆえに彼が将来を悲観し、絶望して死を選んだのだとしたら——賛成はできなくても、理解はできる。

では、そうなることを承知していながら、なぜジョックはコリンズに名乗ってでたのか？　証拠をつかまれていなかったのなら、黙りとおすこともできたはずだ。

まじめな生徒だったから、良心の痛みに耐えられなかった？　そう考えれば、これにも一応、説明はつけられる。問題は——

ジョックはなぜ、盗みなど働いたのか？　ということだ。放校や死を覚悟しても、なお明かせない事情とは、いったいなんだったんだろう？

アイルが考えこんでいると、今度はコリンズのほうが膝《ひざ》をのりだしてきた。

「エリック。わたしから訊《き》きたいのだが、夏季休暇中、お兄さんの身になにか変わったことはなかったかね？」

不意打ちの質問に、アイルはまごついた。

「え？　なにかって――なんですか？」

「ジョックは新学期に入って、なんというか――少々、素行が乱れていたのだよ」

コリンズは、慎重に言葉を選びながら言った。

「彼が非常に勉強熱心でまじめな生徒であったことは確かだ。それは、だれよりもこのわたしが一番よく知っている。彼は毎日、わたしのところに新聞を読みにきてね。社会問題に関心があるのだと言っていた。彼は弁護士志望だったろう？」

「え？　あ、はい」

そんなことは初耳だったが、アイルは調子をあわせてうなずいた。

「実際、ジョックには期待していたんだよ。彼には、なんというか、非常に視点の鋭いところがあった。彼の意見には、こちらがハッとさせられることもしばしばでね。ところが、ある時期から、彼はぱったり姿を見せなくなった。勉強にも身が入らなくなり、挙動にも落ち着きがなくなった。寮で飲酒しているところを見つけて、罰則をあたえたこともある。いったい、お兄さんになにがあったのかね？」

アイルは弱ってしまった。

「ぼく……わかりません」

「先生」

ウィルが考えこみながら言った。

「ぼくの記憶に間違いがなければ、マーガリー寮の飲酒事件にかかわったのは、ダルトン一人ではありませんでしたよね」

「ああ、そうか。あのときは、スクール寮の生徒も一人二人、交じっていたんだったな」

ウィルはうなずいた。

「酒臭い息をしてもどってきたところを、消灯後の見まわりのときに捕まえたんです。聞けば、あの夜、マーガリー寮にはかなりの酒がもちこまれていたとか」

「フレミングの仕業だ。きみの言いたいことはわかるよ。たしかに、だれにだって羽目をはずしたいときはあるだろう。ジョックにだけ特別な理由があったと考えるのはおかしいかもしれない。だが、わたしが言いたいのは、以前のジョックなら、たとえ誘われても、決してのらなかっただろうということだ。それくらい、彼は品行方正な生徒だった」

「だれがジョックを誘ったんです？」

「さあ。フレミングかハーマンか、あるいはスタンレーか。なにしろマーガリー寮は悪童ぞろいだからね」

コリンズは苦笑し、また真顔にもどって、アイルにむきなおった。

「エリック。きみに納得のいく内容でないのは承知している。だが、われわれが不当にジョックに罪をおわせたのでないことはわかってほしい」

アイルには、それ以上、言うべき言葉が見つからなかった。コリンズの話が本当なら、学校側に落ち度がないことは明らかだ。

5

「ジョックが自分から盗みを認めたなんて、エリックは言わなかったわ。聞いてなかったんでしょうね」

コリンズのところを辞した後、アイルはウィルとならんで廊下を歩きながら言った。

「ウィルはどう思う？」

だが、いとこの返答はそっけなかった。

「どうって、明白だと思うがね。きみの役目は終わった。帰ってエリックに伝えることだ」

二言目には、すぐそれだ。アイルは反発して口をとがらせた。

「エリックは納得しないわよ。だって、ジョックがどうして盗みなんか働いたのか、わかったわけじゃないんだから。このことはエリックからちゃんと聞いたんだけど、ダルトン家はべつに、お金に困ってるわけじゃないらしいの。むしろ、ご両親ともわりと裕福な一族の出で、ちゃんとジョックに仕送りもしてたし、困ったことがあれば相談にものれたはずだって。ということは、ジョックのほうで、なにかそうできない理由があったのよ。コリンズ先生は、新学期に入って急にジョックの様子がおかしくなったって言ってたわよね。そのあたりに、なにかあるんじゃないかしら？」

ウィルは、ため息をついた。

「つまり、まだここにいすわるつもりかい？」

「当然でしょ。わたしの仕事はね、伝言係じゃなくて、あいまいな点をすべてはっきりさせることなの。エリックがちゃんと納得して、お兄さんの死をのりこえられるようにね。言っときますけど、伊達《だて》や粋狂でのりこんできたわけじゃないんだから」

「ああ、そう。それはまったくぼくの認識不足だったな。失礼」

アイルは無言で皮肉屋のいとこをにらみつけた。

「で、この後はどうするつもりだい？」

「今、考えてるわ」

アイルはコリンズとの面会の最後に、ジョックの勉強部屋を見せてくれるよう頼んだ。しかし、あいにく許可はすぐには下りなかった。

「なにか不都合が？」

ためらうコリンズに、アイルは率直に訊いた。

「いや、今もその部屋をつかっている生徒がいるんでね。当人に無断で入るわけにもいかないだろう？　きみはやはり、ジョックの弟だということを明かしたくはないかな？」

そうか。二人部屋だから、もう一人生徒がいるんだわ。アイルは思いだして納得した。

「それはだれですか？」

「ハロルド・チェスニーだ」

アイルは、その名を頭の中のメモに書きとめた。

「その方が、兄と同室だったんですね」

だとすると、もっとなにか知っているかも。

「いや、ジョックと同室だったのは、デヴィッド・ハーマンのほうだ。しかし、気を悪くしないでほしいんだが——ハーマンは、あんなことがあった部屋に一人でいたくないというんでね。チェスニーがかわってやったというわけだ」

気を悪くするどころか、それはアイルにもよく理解できた。むしろ、チェスニーという生徒の無神経——いや、豪胆さのほうがおどろきだ。

「実をいえば、きみにジョックの勉強部屋を割り当てるつもりだったんだよ。まあ、今さら言っても仕方がないが」

それを聞いて、アイルはまたもやウィルの仕打ちが恨めしくなった。マーガリー寮にとどまってさえいれば、こんな面倒な思いはせずにすんだのだ。

だが、すんでしまったことをつべこべ言ってもはじまらない。アイルは頭を切り替えた。

「とにかく、まずはジョックの交友関係を把握しないとね」

言いながら、アイルは先に立って廊下の角を曲がった。

「どこに行くんだ？　出口はこっちだぞ」

ウィルが背後から言う。

「ついでだもの、ジョックの部屋を見ておきたいの。いいでしょ？」

「しかし、チェスニーが部屋にいるだろう」

今は消灯前の自習時間だから、間違いなくそのはずだ。

「中には入らないわ。ちょっと場所を確認するだけだってば」

言いだしたら聞かないのはわかっているので、ウィルはしぶしぶアイルのあとからついていった。

アイルは廊下ですれちがった生徒を呼びとめ、ハロルド・チェスニーの部屋を訊《たず》ねた。

教えられたのは、一階のいちばん奥の部屋だった。

「みんなの寝室は二階よね。だったら、夜中にここをウロウロしてても、誰にも気づかれなかったでしょうね」

ジョックがコリンズとの長い話を終えたとき、ほかの生徒たちはすでに就寝していた。点呼は監督生によって行われ、いつも通り全員がベッドに入っていた。ところが、ジョックはそうしなかった。コリンズの部屋を出たあと、ホール脇の階段をのぼって二階の寝室に行くのではなく、まっすぐ勉強部屋にむかったのだ。そして、そこで自分の命を絶った。

そのときのジョックは、どんな心境だったのだろう？　彼を心配する家族のことは、少しも頭をよぎらなかったのだろうか。

「アイル、もういいだろう」

ウィルのいらだたしげな声に、アイルは想念からひきもどされた。

「きみは自習時間と休み時間とを混同しているようだが、本来ぼくらは自分の部屋で机にむかっているべきなんだぞ」

「ウィルがもどって勉強したいんだったら、わたしは止めないわよ。首席を守りつづけるのって、実際たいへんよね」

「そんなことを言っているんじゃ——なにをしてるんだ？」

アイルは、件《くだん》の勉強部屋の扉に耳をつけ、中の様子をうかがっていた。

「きみはべつに、チェスニーをスパイしに来たわけじゃないだろう？」

ウィルは呆《あき》れ顔で言った。

「そうね。でも、デヴィッド・ハーマンやハロルド・チェスニーとは、ぜひともお友達になる必要があると思うの。そうすれば、いろいろジョックの話を聞けるもの。なにか自然な知り合い方はないかしら？」

するとウィルは、からかうように言った。

「彼らの前でハンカチを落としてみるとか？」

「ちょっと、茶化さないでよ。べつに恋愛したいわけじゃないのよ。それに、そんなの百年も前のやり方——」

ムッとしてウィルをふりかえったときだ。なにか弾力のあるものが背中にどしんとぶつかってきて、アイルは前につきとばされた。

一瞬、なにが起きたのかわからなかった。転んで床に手をついたアイルは、けげんそうに後ろをふりかえった。すると——

いつの間にか扉がひらき、そこに熊のような巨漢が立ちはだかっていた。

「うるさいぞ。人の部屋の前で私語はつつしみたまえ」

「ごめんなさ——」

反射的に謝りかけて、アイルは気づいた。大食堂で見た、あの生徒だ！

「あっ、ヘフ——」

思わず口走ると、閉まりかけていた扉が、またひらいた。隙間からジロリとにらまれる。

「なにか言ったかね」

アイルは、あわてて〝ふとっちょ〟という意味の禁句をのみこんだ。

「あの、えーとえーと――び、美食大王さま」

大王さまは、眉根《まゆね》をよせてアイルを見た。

「我輩を知っているのか？」

「はい。食堂でお見かけして」

なぜか敬語をつかってしまう。

「しかし、そっちは見ない顔だ」

そのとき、ウィルが割りこんできて、かわりに言った。

「エリック・コールフィールド。転入生だ」

そして、アイルに手を貸して立たせてくれた。大王さまは、ウィルを見て意外そうな顔をした。

「カートライトじゃないか」

「やあ、チェスニー」

アイルはハッとした。チェスニーですって？　嘘っ！　それって、美食大王さまのことだったの？

「ほう。コールフィールドというと、我輩と同部屋になるはずだった転入生だな。いったいどういう理由で、寮をかわったんだね？」

今度も、こたえたのはウィルだった。

「最初から手違いがあったのさ。ところで、ここはきみの部屋なのかい？　ハーマンに用があって来たんだが、まちがえたかな？」

「ハーマンは斜め向かいだ。我輩は彼と部屋をかわったのだ」

「ああ、わかったよ。つまり……ダルトンの件で？」

「幽霊がでると主張してな。非科学的なたわ言だ」

二人はアイルを無視して、勝手におしゃべりをはじめた。

ちょっと。ずるいわよ、ウィル。質問したいのは、わたしなんだから。

「しかし、我輩はダルトンの死を悼んでいる。あれは見所のある男だった。我輩のこだわりが理解できる、唯一の紳士だった」

「大王さまのこだわりって、なんなんですか？」

アイルが口をはさむと、また大王さまにジロリとにらまれた。彼女はあわてて、へつらうような笑みをうかべた。

「あ、すみません。愚問でした。美食の追求ですね、きっと」

とたん、大きな手で背中をバシンと叩《たた》かれ、一瞬、息が止まった。

怒らせた⁉　あわてて身がまえると、大王さまはガハハと笑った。

「見所がある！　そのうちちいいコーヒー豆を手に入れたら、呼んでやろう。カートライトといっしょに飲みに来たまえ。ちがいのわかる男は大歓迎だぞ」

そう言って、大王さまはご機嫌で自分の部屋にひっこみ、アイルは唖然《あぜん》として扉の前に残された。

「……ヘンな人」

「だが、お友達になるきっかけはできたんじゃないか？」

ウィルが言う。

「そうかしら。なんだか自信がなくなったわ」

アイルはため息をついた。

今夜はもうそれ以上の収穫は望めそうにないので、アイルはおとなしくマーガリー寮をあとにした。そして、ウィルといっしょにスクール寮の玄関にもどってくると、いきなり靴が飛んできた。見れば、ホールでケンカ騒ぎが起きていた。四級生が二人で取っ組み合っていて、まわりの生徒はやいやいはやしたてている。

　ところが、ウィルが姿をあらわしたとたん、騒ぎはピタリとやんだ。野次馬たちは一斉に勉強部屋に逃げこみ、あるいはさっと隅に移動して、自分は無関係であることを示そうとした。逃げ遅れたのは、当事者二人。乱れた格好でつかみあったまま、床の上で凍りついている。

「ブライアン・バートラム。アーサー・ゴードン」

　ウィルはもの静かな声で言った。にもかかわらず、名を呼ばれた下級生は弾けるように起き上がり、直立不動の姿勢をとった。

　たちまち、あたりの空気が張りつめる。コツ…コツ…と、ウィルの思わせぶりな足音だけがホールに響いた。

「いちいち理由を問うことはしない」

　と、ウィルは言った。

「もっとおだやかな方法で問題を解決できるだけの知性はもちあわせているはずだ。だが、公共の場で騒動を起こし、他の生徒に迷惑をかけた件については、見逃すわけにはいかない。罰則はわかっているね？」

　二人は素直にうなずいた。弁解してもムダだと、はじめから観念しているようだった。

「よろしい。では、さっそくかかりたまえ」

彼らは一言も文句を言うことなく、そそくさと自分たちの部屋に消えた。

「罰則って？」

アイルは、隣にいた野次馬の一人に小声で話しかけた。

「ラテン語の句を百回清書」

むこうも小声でかえす。

「厳しいんだね」

「カートライトはやさしいほうだよ。それでも一番怖いけどな」

矛盾した言葉だが、なんとなくわかるような気がした。あたりはやわらかいが、完璧《かんぺき》でごまかしがきかないのだ。

と、そのとき、アイルは相手の生徒が首に巻いている緑色のマフラーに目をとめた。彼女が自宅からもってきたマフラーによく似ている。

「なに？」

ついじろじろ見ていると、けげんな顔をされた。

「いや、あの——いいマフラーだなと思って。どこで買ったの？」

「ああ、これ」

その生徒は、にやっと笑った。

「マーストンがときどきやってる、ガラクタ市さ。でも、掘り出し物だろ？　たった五シリングだったんだぜ」

事情がのみこめたとたん、アイルの頭に血がのぼった。

あいつ――――――――っ!!


「デレク・マーストン！」

アイルが血相をかえて勉強部屋の扉をあけると、そこに集まっていた五人の生徒たちは、わっと叫んで飛びのいた。あたふた隠そうとしているのはカードだった。どうやら、禁止されている賭《か》けをやっていたらしい。

だが、乱入してきたのが下級生だとわかると、彼らはホッとしてその場にへたりこんだ。

「なんだ、おまえか。ノックくらいしろ」

デレクが鋭い目つきで咎《とが》めた。アイルは一瞬、気圧《けお》されたが、すぐに負けじと声を張りあげた。

「聞いたぞ！　ぼくのマフラー、よくも勝手に売ってくれたな！」

責められてたじろぐかと思いきや、デレクはけげんそうに眉《まゆ》をひそめた。

「マフラー？」

アイルはカッとなった。

「とぼけるな！　駅でぼくが——」

デレクは、平然とあとをひきとった。

「くれたやつな。思い出したよ。それがどうした？」

アイルは、ぽかんと口をあけた。

「……なんだって？」

「おまえは返せとは言わなかったよな。てことは、もうオレのものだろ。オレのものを売ってなにが悪い」

デレクは悪びれる様子もなく、しゃあしゃあと言う。

「人の親切を、よくも——」

「オレは親切にしてくれとも頼まなかったよな」

当然、デレクが謝ってくるものと決めてかかっていたアイルは、この返答に二の句がつげなかった。

「……信じられない。あんたいったい、どういう人間なんだ？」

少なくとも、紳士のとる態度じゃない。すると、部屋にいた一人がぼそりとこたえた。

「守銭奴」

あたりからしのび笑いがもれる。デレクは完全にひらきなおっていた。

「悪いか？　あいにくオレは、おまえのような金持ちぼっちゃんとはちがうんでね」

アイルは歯を食いしばり、

「わかったよ。今度はあんたが道端に倒れてたって、助けてなんかやるもんか！」

大声で怒鳴ると、わざと乱暴に扉を閉めた。

なんてヤツ！　無礼でケチで感謝の気持ちも知らない、最低男!!

あー、腹が立つ！　でも、いちばん腹が立つのは、あいつを言い負かせなかった自分自身にだ。今までだれにも口で負けたことなんかなかったのに、捨て台詞《ぜりふ》を残してくるのがせいぜいだなんて。

だって、しょうがないでしょ？　恥を知らない男になにを言えっていうの？

「信じられる？　あいつ、わたしが貸してやったマフラー、勝手に売っちゃったのよ？　人の親切をあだでかえすなんて、紳士の風上にもおけないわ！」

どうにも気持ちがむしゃくしゃしておさまらなかったアイルは、翌日の放課後、ウィルの部屋におしかけて、早口でまくしたてた。

「デレク・マーストンこそ放校にすべきよ！　だってあいつ、泥棒だもの！　ううん、ほんとはジョックの事件だって、真犯人はあいつじゃないの!?」

「落ち着くんだ、アイル。それとこれとは問題がべつだろう？」

　ウィルは半ば面白がりながら、半ばはなだめるように言った。

「まあたしかに、マーストンの行為はあまり褒められたものじゃないけどね」

「そんな言葉じゃ生ぬるいわ。だって、学校で商売をしたのよ！」

「その件については公平を期するために言っておくが、ホールで市を出すのはだれでもやるよ」

　アイルは、信じられないと言いたげに眉をあげた。

「だれでも？」

「そうさ」

「呆《あき》れた。シルバートンはいつから物売りの養成機関になったの？」

　ウィルは吐息をつき、辛抱強く言った。

「ねえ、アイル。ここの生徒が全員、ぼくやきみみたいに裕福な家の出だと思うかい？　奨学金がなければ、教育をうけられない者だっている。事実、マーストンは給費生だし、家からの仕送りもないようだ。どうにかして稼ぐほかはないんだよ。食べて寝るだけが生活のすべてじゃないってことは、きみにだってわかるだろう?」

アイルは、冷や水を浴びせられたような気がした。

——あいにくオレは、おまえのような金持ちぼっちゃんとはちがうんでね。

たしかにデレクは、自分でもそう言った。だが、ただの嫌みだと思っていた。

「……彼って、どういう家の出なの?」

「さあ、聞いたことないな」

アイルはおどろいた。

「友達なのに?」

「だからって、プライバシーに立ち入るつもりはないんだ」

「ウィルって冷たいわ! 男の人って、みんなそうなの?」

今度はうってかわってウィルをなじると、彼は笑った。

「ぼくは女性がどうかなんて知らないから、ちがいについて説明することはできないよ。ただ、マーストンにだってプライドはある。みんなそうだ。だから、本人が話すつもりになるまで、こちらから聞きだしたりはしないのさ」

「デレク・マーストンにプライドがあるなんて信じられない」

アイルはぶつぶつ言った。

「それは解釈によるね。彼はああ見えて優秀な生徒だし、ほかの生徒からも一目置かれている」

「ウィルも彼が好き？」

するとウィルは、はぐらかすような微笑をうかべた。

「さて、それはどうかな。彼のおかげでなにかと張り合いがあるのはたしかだが」

理解しにくい言葉だった。だって、友達でしょ？

「じゃあ、彼はウィルが好きかしら？」

「それはないと思うね。きっと、癪《しゃく》にさわるヤツだと思ってるんじゃないかな」

アイルはとうとう、サジを投げた。

「男の人の精神構造って、謎だわ。ぜんぜんわかんない」

もともと物にたいする執着は強くないほうなので、いつの間にかデレクへの怒りもおさまっていた。しかし、だからといって彼を許せるかというと、答えは断じてノーだ。彼は初対面のときから失礼だったし、今はもっとずっと無礼で、この先もきっと腹立たしい思いをさせられるに決まっている。ウィルがいくら彼を評価していようと、アイルの頭の中では、デレク・マーストンはまちがいなく最低ランクの男だった。

消灯時間が迫っていたので、アイルはそこで話をきりあげた。帰りに自分の勉強部屋の前を通ると、中でなにかが倒れるような物音がした。

ビックリして中をのぞいたアイルは、同室のトビーが上級生たちにかこまれてひっくりかえっているのを見つけた。

「バロウズ！」

アイルはあわてて駆けより、トビーの体をかかえおこした。口の端が切れて、血がにじんでいる。殴られたのだ。アイルは逆上し、相手にくってかかった。

「なにするんだよ!?」

トビーに手をだしたのは三人組だった。五年級の鼻つまみ者ブレイクと、腰ぎんちゃくのチャタートン、それからハメットだ。スクール寮には四十五人しか生徒がいないので、学年級がちがっても、ちゃんと顔と名前は覚えている。

「告げ口野郎にゃ、当然の報いさ」

ブレイクは目に怒りをためたまま、アイルをにらみつけた。こいつも殴ってやろうかと考えているような顔だった。アイルも負けじとにらみかえすと、

「おい、もうやめとけ」

うしろから、ハメットがブレイクの肩をつかんだ。

「こいつ、例のヤツだろ？　カートライトの」

すると、チャタートンも言った。

「騒ぎたてられると、面倒なことになるぜ」

さすがの彼らも、ウィルのことは怖いらしい。ブレイクは忠告を聞き入れてきびすをかえしかけたが、そのとき、トビーが叫んだ。

「ふん！　ぼくが言わなくたって、どうせバレてたさ。いい気になってられるのは、今のうちだけだぞ。おまえらみんな、そのうち七人委員会につるしあげられるからな！」

アイルはトビーの肩をつかんで押しとどめた。また殴られるのではないかと冷や冷やしたが、ふりかえったブレイクは、意外にも鼻でせせら笑った。

「言ってろよ、バーカ」

トビーは歯を食いしばり、猛々《たけだけ》しい目で三人組をにらみつけたまま、その退場を見守った。

「いったい、なにをしたの？」

アイルはポケットからハンカチをとりだし、トビーの切れた唇をぬぐってやった。

「ぼくじゃない。したのはあいつら。陰湿な連中なんだ。三年級にビングリーってちびがいるだろ？　あいつらから、ねちねちと嫌がらせをされてるんだ。この間も上着を泥だらけにされて、ミセス・グラントから理由を問いただされてたんだけど、ビングリーのヤツ、仕返しが怖くって言えなくってさ。だから、ぼくが代わりに言ってやっただけ」

「じゃあ、逆恨みじゃないか！」

「程度の低い連中だからね」

そう言って、トビーは悔しそうに立ち上がり、ズボンについた埃《ほこり》を払った。

そんな彼を、アイルは困惑して見つめた。

ふだんのトビーは暴力沙汰《ざた》とは縁のなさそうなタイプなのに、今はまるで、全身の毛を逆立ててふうふういってる猫みたいだ。

ほんと、男の子ってわかんない。殴られてもひるまないのは立派だが、そもそも、どうしてそこで殴りあいになるのかが疑問だ。女の子だったら、嫌みの応酬だけでかんたんに終わっちゃうのに。

「まきこんで悪かったよ。もう消灯時間だろ？　早く行こうぜ」

二人は勉強部屋の明かりを消して、いっしょに廊下に出た。

「ところで、さっき言ってた七人委員会ってなに？」

アイルが訊《き》くと、トビーは意外そうな顔でふりかえった。

「〝謎の七人委員会〟だよ。知らないの？」

「なにを？」

「いや、きみは来たばかりだけど、カートライトの親戚《しんせき》だろ？　てっきり知ってると思ってた」

アイルは、じれったくなった。

「だから、なにをさ？」

「〝謎の七人委員会〟は、この学校を影で牛耳ってる組織なんだ。ぼくは兄さんから聞いたんだけどね。兄さんもシルバートンの卒業生だから」

「そんなのはじめて聞いたよ。牛耳ってるって、どういう意味？」

「力をもってるってこと」

だが、アイルにはよくのみこめなかった。

「理事会みたいに？」

「そういうのとはちがう。生徒がつくった組織なんだから」

「じゃあ、なんらかの影響力があるってこと？　どうして、ウィルは教えてくれなかったんだろう？」

「大きな声では言えないことなんだよ。だって、だれがメンバーかわからないし――」

と、ここでトビーは左右に目をやり、はばかるように声をひそめた。

「どこで聞かれてるかもわからないからね。だれも表立っては口にしない。でも、存在はみんな知ってる。そういう組織なんだ」

アイルは顔をしかめた。

「なんのためにそんなものが?」

「彼らの目的は、学校の浄化だといわれてる」

「浄化?」

トビーは、しかつめらしくうなずいた。

「愛校精神あふれるメンバーの集まりでね。学校の規律が乱されないよう、つねに生徒たちを監視してるんだ。そして、シルバートンの名誉を汚したとみなした者は、容赦なく処分するっていう話だよ」

アイルは呆れた。

「それ、愛校精神っていうより、ちょっといかれてるよ。危ないんじゃないの」

トビーはあわてて唇に指をあてた。

「馬鹿。シーッ!」

その態度があまりに真剣なので、アイルはなんだか妙な気持ちがした。芝居や小説じゃあるまいし、そんなことってあるんだろうか? とても信じられない。

「それ、先生たちは知ってるの?」

「見て見ぬふり、聞いて聞かぬふりさ。だってそうだろ？　もし認めちゃったら、先生たちの権威はがた落ちだからね」

「まあ、そうだろうね」

つまり、証拠はないってことだ。ということは、やっぱり眉唾《まゆつば》だと考えるのが妥当だろう。

やれやれ。そんな馬鹿げた噂を鵜呑《うの》みにするなんて、トビーもお人好《ひとよ》しなんだから。

だが、彼のことが好きだったアイルは、頭から否定はしなかった。

「要するに、正義の味方を気どった圧制者みたいな連中ってことだね。ぼくは気に食わないな」

「そうはいっても、ブレイクみたいなヤツの暴走を止める役には立つよ。あいつ、気にしてないようなこと言って虚勢を張ってたけど、内心ではけっこうビクビクしてるんだぜ」

「そうかな。だいたい、その七人委員会って、べつに神様じゃないだろ。どうやって生徒の悪行を嗅《か》ぎつけるのさ？」

「礼拝堂の裏に、樫《かし》の古木があってね。その木のうろに手紙を入れとくんだ。そうしたら、七人委員会の調査がはじまるって言われてる」

「それで、バロウズ。ブレイクたちのこと、本気で訴えるつもりかい？」

するとトビーは、肩をすくめた。

「まさか。よほどのことがあれば別だけど、関わりあうのはぼくだって怖いもんな。なんたって、連中のやり方は徹底してるから。実はさ、ついこの間、この学校で自殺した生徒がいたんだけど、ほんとは七人委員会に仕置きされたんだっていう、もっぱらの噂なんだ」

アイルはギクリとしてトビーを見た。

「だれが死んだの？」

「ジョック・ダルトン。マーガリー寮の六級生だよ」

6

その朝、アイルはまだあたりが暗いうちに一人で起きて、寝室をぬけだした。

もっとも彼女の場合、同室の少年たちが目覚める前に着替えをすまさなければならないから、早起きはいつものことだった。それからみんなが起きだすまでの間、アイルはたいてい勉強部屋に避難して時を過ごす。さすがに友人たちの裸を見て悲鳴をあげることはもうないものの、部屋に残れば目のやり場に困ってしまうからだ。

苦心しているのは入浴の時間も同じだが、今のところは、なんとかうまくやっていた。みんなが入るときには仮病をつかい、別の日に浴室を使わせてもらうのだ。彼が持病をもっていることはすでに知れわたっていたから、寮母のミセス・グラントも大目に見てくれたし、だれも不審には思わなかった。ただし、この手がいつまで通用するかは、神のみぞ知るというところだ。

アイルは階段を下りると、いつものように勉強部屋にむかいかけた。が、途中で急に気がかわり、そのまま玄関から散歩に出た。

あたりには、ほのかに川霧がたちこめていた。競技場の常緑の芝、楡《にれ》の並木道——校長邸の壁に這《は》う木蔦《きづた》はすっかり色づいている。

しかし、今朝のアイルは、景色を楽しむ気分ではなかった。勉強部屋でのトビーとの会話が頭を離れず、ここ数日、ずっとそのことばかり考えていたのだ。

「まさか、七人委員会に殺されたっていうの⁉」

思わず声をあげると、トビーはあわてて口に人差し指をあてた。

「シーッ！　声が大きいよ」

だが、アイルの動揺はおさまらなかった。

「だって、仕置きっていうのは、そういう意味だろ？　ジョックがなにをしたっていうんだよ？」

「ジョック・ダルトンには盗癖があったんだ。以前から何人もの生徒が被害にあってて、問題になってたらしい。委員会には、十分な理由になる」

「十分なもんか！」

思いもかけないアイルの剣幕に、トビーは目を丸くした。

「コールフィールド？」

「ムチャクチャだよ、そんなの！　そりゃあ、悪いことにはちがいないけど。でも、そんないかれた連中に、彼を裁く権利なんかないはずだ！」

「まあね。だから、表向きは自殺だってことになってるんだ」

「表向きね。つまり、あきらかに自殺らしくなかったってことなんだ？」

アイルが鼻を鳴らして皮肉を言うと、さすがのトビーもムッとした。

「そんなこと、知るもんか。だけど、なんでそんなにムキになるのさ？　きみには関係のない話だろ？」

「そりゃそうだけど……気分悪いよ。そんな連中がのさばってるなんて」

トビーの言葉をどこまで本気にしていいのかわからなかった。もしもジョックが〝謎の七人委員会〟に殺されたのだとしたら――学校側が、知っていてそんな連中の所業を見逃しているのだとしたら――大問題だ。だが、ウィルが話してくれなかったところをみると、やはりただのデマかもしれない。いや、たぶんそうなのだろう。いくらなんでも荒唐無稽《こうとうむけい》すぎる。

そんなことを考えながら歩いているうちに、アイルはいつの間にか礼拝堂のそばまで来ていた。そこでまた、トビーの言葉が頭をよぎる。

――礼拝堂の裏に、樫の古木があってね。その木のうろに手紙を入れとくんだ。

アイルは裏手にまわり、樫の木をさがした。それは、案外かんたんに見つかった。背伸びしてやっと手が届くような場所に、なるほど、亀裂のような穴があいている。

試しに手をつっこんでさぐってみると——呆《あき》れたことに、本当に手紙が入っていた。つかみだしたのは、五通ほど。アイルは思いきって、その中の一通をひらいてみた。下手くそな文字で書かれていたのは、こうだ。

ベンドリクス先生の髪はカツラです。虚飾の罪で罰するべきだ。

「……はあ？」

もう一通、ひらいてみる。

ブランドン寮のトイレを浄化してください。臭すぎる。

アイルは、ぷっとふきだした。

「いたずらだわ」

そりゃそうよね。まにうけるほうがどうかしてるもの。

なんだか馬鹿馬鹿しいような気分になって、アイルは手紙をもとのうろにもどした。そして、来た道をひきかえそうとしたとき、礼拝堂の入り口の扉がひらいているのに気づいた。

こんな早い時間に、だれかいるのだろうか？

好奇心から中をのぞくと、果たして人がいた。一人で会衆席にすわり、熱心に祈りを捧《ささ》げている生徒の背中が見える。アイルは黙って立ち去ろうとしたが、そのとき、相手が気配に気づいて顔をあげた。

「ダルトン？」

アイルはギクリとして足をとめた。思わずふりかえると、視線がかちあった。そして次の瞬間、その生徒はまるで仮面をかぶるように、表情を消した。

「失礼。友人かと思ったもので」

彼は立ち上がり、おだやかな口調でそう言った。上級生のようだったが、体格はほっそりしていて、背もそれほど高くない。蠟《ろう》のように青白い肌、淡い金髪、青灰色の瞳《ひとみ》。一見、柔和な印象をうけるものの――まっすぐむけられた眼差《まなざ》しに、アイルはなぜか落ち着かない気持ちになった。

「ごめんなさい。扉があいていたので、つい――」

「かまいません。だれでもここに来て祈る権利がある」

べつにお祈りに来たわけではなかったが、彼のジャマをした手前、なんとなくそうは言えなかった。

「こんな朝早くに人がいるなんて思いませんでした」

戸惑いながら言うと、彼の表情がふっとやわらいだ。

「ぼくもそうです。ぼく以外のだれかが、こんな時間にやってくるとは思わなかった」

「でも、さっきは――」

「そう。以前には、一人いましたけどね」

そして彼は、どこか違うところを見るような目でつぶやいた。

「でも、もう彼がここに来ることはない」

やはりジョック・ダルトンのことだ、とアイルは確信した。

「それはどうしてですか?」

彼はアイルにこたえるよりも、不思議そうな顔をした。

「これまで、きみを見かけたことはないような気がします」

「ぼく、転入してきたばかりなんです。エリック・コールフィールドといいます」

「そう。ぼくはイライアス・コノリーです」

「マーガリー寮の方ですか？」

「いいえ。なぜ？」

「さっき、〝ダルトン〟っておっしゃったでしょ。だから、あなたの友人って、ジョック・ダルトンのことかと。でも、そうだとすると、意外ですね。彼のことはいろいろ噂を聞きましたけど、信仰のある人間が自ら命を絶つなんて――」

アイルは、しまったと思った。たちまち、コノリーの顔が冷たく凍りついたからだ。

「きみがどんな噂を聞いたのかは知らないが、ぼくは彼の信仰心を疑ったことはありません」

「ごめんなさい。ぼくはただ……彼と親しかったんですか？」

「いや。ここで何度か顔をあわせただけです。一時期、彼はよくここに来ていた。身内が亡くなったのだと言っていました」

「身内って？」

「さあ。彼はくわしくは話しませんでしたから。きみはダルトンのことに興味があるのですか？」

おだやかだが、浮ついた好奇心を咎《とが》めるような口ぶりだ。アイルはばつが悪くなり、コノリーから目をそらした。

「いえ、そんなわけじゃ――」

言い訳の途中で、時計塔の鐘が鳴った。アイルはホッとした。大食堂に集まる時間だ。

「おじゃましてすみませんでした。ぼく、もう行きます」

そしてアイルは、そそくさときびすをかえした。


闖入者《ちんにゅう》が礼拝堂を去っても、コノリーはまだその行方を追うように戸口に目をやったまま、しばらくそこに立っていた。そして、なにか考え深げな表情をうかべると、ぽつりと小さくつぶやいた。

「エリック・コールフィールドか……」


コノリーのそばから離れたとたん、アイルは一気に緊張から解放された。

やれやれ。ああいうタイプは苦手だ。完全に感情の抑制がきいていて、決して他人に心のうちを悟らせない。そのくせ相手のことは何一つ見逃さず、鋭い視線を投げかけてくる。子供のときさんざん気詰まりな思いをさせられた、厳格な家庭教師みたいだ。

もう少し粘って情報をひきだす手もあったかもしれないが、なんとなくアイルは、コノリーはもうあれ以上のことはしゃべってくれないだろうという気がしていた。

だが、それなりに収穫はあった。アイルは早足で来た道をもどりながら、新たに得た情報について考えてみた。

コリンズ先生は、新学期がはじまってから急にジョックの態度がおかしくなったと言っていた。

コノリーが口にした肉親の死と、なにか関係があるのかもしれない。

さっそく、エリックに手紙で問い合わせてみよう。執事のディクスンにはよくよく言いふくめておいたから、彼はまだ屋敷にいるはずだ。

＊

その日の午後、アイルはトビーといっしょに校庭にいた。

シルバートンでは、週に三日、スポーツ競技のための時間がもうけられている。今はフットボールのシーズンだ。寮の対抗戦が近いとあって、レギュラーメンバーに選ばれた生徒は練習に余念がなく、その他大勢の生徒も応援に余念がなかった。

彼らの真剣さは、実際、おどろくほどだ。トビーによれば、これは各寮の名誉と誇りをかけた戦いらしい。さらに学校同士の対抗戦ともなると、それこそ命懸けになるのだそうだ。

「フットボールはマーガリー寮が強いんだ。その次はブランドン寮かな」

一緒に練習を見物しながら、またトビーが言った。競技場を占領している選手はほとんどが六級生と五級生で、四級生の自分たちには、まずお呼びがかからない。思いがけなく休み時間をもらったようなものだった。

「スクール寮は？」

アイルは訊《き》いた。

「うちはその次。スピードはあるけど、力でちょっと負けてる感じ。でも、クリケットは最強だよ。知ってる？　きみの親戚《しんせき》のカートライトがキャプテンなんだ」

「へえー」

アイルは、誇らしい気持ちになった。さすがは、わがいとこだ。カートライト家の人間は、決して頭でっかちではない。

「おい、バロウズ！」

とつぜん声がして、ビア樽《だる》のような体軀《たいく》の上級生が近づいてきた。

「おまえ、フランカーだよな？　今から練習試合をするんだけどさ、急に怪我人が出て、二人足りなくなっちまったんだ。ちょっと入ってくれないか？」

「いいですよ」

トビーはあっさりひきうけた。上級生は次に、アイルの肩をぽんと叩《たた》いた。

「おまえはバックスたのむ。右ウィングだ」

アイルは不意をつかれて顔をあげた。

「え？　ぼく？」

「たのむよ、今日だけだ」

「ていうか、やったことないんですけど」

「やってりゃおぼえるよ。いいか？　だれかがおまえにボールをまわしたら、それもって全速力で走れ。わかったな？　よし。来いよ、バロウズ」

アイルは、困惑しながら二人のあとについていった。トビーは上着を脱いだが、彼女はやめておいた。

「脱がないのか？」

そばに立っていた上級生が言った。

「ぼく、寒がりなんです」

そしてアイルは、ボタンが全部とまっていることを確認した。なにがはじまるのか知らないが、女だとバレるようなことは厳禁だ。トビーはさっさと中央に集まって、他の少年たちと肩を組んだ。と、次の瞬間、とんでもない大騒動がはじまった。

いきなり数人が塊になってぶつかりあったかと思うと、今度はものすごい勢いで一斉に走りだしたのだ。そしてまた激突し、激突しては転倒し、転倒しては走りだす。だんご状態になって双方のチームがにらみあったときには、ケンカがはじまったのかとあわを食った。

アイルが目を白黒させていると、どこからかボールが飛んできた。彼女は思わず、両手でそれをうけとめた。

「コールフィールド！」

だれかが叫んだ。

「走れ、馬鹿！　ぼやぼやするな！」

「え？　走れって……」

声のほうをふりかえったアイルは、次の瞬間、目玉が飛びだしそうになった。あの凶暴な少年たちの集団が、今度は彼女にむかい、どどどど……と、地響きをたてながら突進してくる。

たちまち、顔から血の気がひいた。そして、

「きゃあああああああああああぁぁぁぁぁぁぁっっっ!!」

アイルはすさまじい金切り声をあげ、一目散に逃げだした。

「よし、行けっ!」

「コールフィールド！」

見物人から掛け声が飛ぶ。だが、アイルの耳には聞こえていなかった。彼女は必死の形相でハーフウェイラインを越えると、さらにタッチラインも越えて、逃げに逃げた。競技場の外へ！

面食らったのは、追いかけていた少年たちだ。

「あの馬鹿、どこまで行くつもりだ？」

「ボールをかえせ！」

そして、敵も味方も一斉にアイルを追いかけはじめた。

「ボールをよこせ！　こらっ！」

一番足の速い少年がアイルに追いつき、カエルのように飛びかかってきた。気配にふりかえったアイルは、ヒッ！　と息をのんだ。

「いやあっっっ!!」

アイルは少年の顔面に思いきりボールをぶつけると、ふたたび脱兎《だっと》のごとく逃げだした。

あわれ、少年はその場にのび、ほかの者たちは啞然《あぜん》として彼女の背中を見送った。

「……なんなんだよ、あいつ？」

「懲罰もんだな」

アイルは競技場をかこむ林の中に飛びこむと、もうだれも追いかけてきていないことをたしかめてから、ようやく足をとめた。ゼイゼイ息を切らしながら、呆然《ぼうぜん》とひとりごちる。

「あれがスポーツ？　暴力でしょ。信じられない。なんて野蛮なの」

いったい自分の身になにが起きたのか、今でもさっぱりわからなかった。だが、アイルは必死で深呼吸をくりかえし、混乱した頭をたてなおそうと試みた。

「落ち着くのよ、アイル。どんな事態も冷静に対処しなきゃ。シルバートンが女学校とちがうのは、最初からわかってたことでしょ？」

すると、もう一人の自分がこたえた。

「ええ、もちろんわかってたわ。わかってなかったのは、つまり――ああいう暴力行為が当たり前みたいに容認されてるってことね。ううん、それどころか、推奨されてるふしさえあるわ。なにしろ、ラテン語や歴史と同じように、わざわざカリキュラムに組みこまれてるんだもの。もしかするとわたしは今、とんでもない真実を発見したのかも。男性には知られざる獣性があって、ああいう形で発散しないと理性を保てないのだとしたら、彼らが女子生徒をうけいれない真の理由が見えてこない？　彼らの**ケダモノ**じみた実体を隠すためよ。自分から泥だらけになったり擦り傷つくったりしてよろこんでるなんて、どう考えたって変態としか思えないもの。あんな非生産的な行為ってあるかしら」

そこまでしゃべると、アイルは次第に落ち着いてきた。

「……ふうん。もしかしてこれは、貴重な体験だったかも。使えるわ」

アイルはくるりとふりかえり、背筋をピンとのばした。

「みなさん！」

だれもいない空間にむかって、大声をはりあげる。

「わたくしたちは長い間、こう教えられてきました。神は男性を理知的な存在として創造し、わたくしたち愚かで感情的な女性を指導する立場に置かれたのだと。しかしもし、あなた方がパブリックスクールにおける彼らの生活を目の当たりにしたとしたら、果たして同じことが言えるでしょうか？　わたくしは確信をもって申し上げます。否と！　――うっ、ゲホッ！　ゴホッ！」

調子がでてきたところで、アイルは急に煙たくなって咳《せ》きこんだ。けげんに思いながら周囲を見まわすと、そばにある温室の窓の隙間から煙がもれている。

アイルは思わず、あっと叫んだ。たいへん、火事だわ！

焦ってあたりを見まわし、井戸をさがした。そして、やっとのことでバケツに水を汲《く》んでもどってくると、温室の扉をあけ、バシャッと勢いよく水をぶちまけた。とたん――

「なにしやがるっ!?」

充満した煙の中から、怒鳴り声がかえってきた。そこには、一人の生徒がすわりこんでいた。頭からびしょ濡《ぬ》れになっている。

アイルはたちまち、事情を悟った。隠れて煙草を吸っていたのだ。

「あ――火事かと思って。すみません、タオル借りてきます！」

逃げるようにきびすをかえしたが、

「もどってこい！」

ただちに命令口調で呼びもどされた。

しぶしぶひきかえすと、相手はむっつりとした顔で、まだそこにすわりこんでいた。広い肩幅やがっしりとした体格は、すでに青年のものだ。たぶん六級生だろう。

「いいから、黙っとけ」

「黙るって、なにを――」

言いかけて、たちまち了解した。

「あ、はい。だれにも言いません」

たしかに、これがバレたら罰則ものだ。

「ごめんなさい。風邪ひかないといいけど」

申し訳なさそうに付け足すと、険悪な目つきでにらまれた。アイルは思わず身を縮めた。

不幸中の幸いというべきか、アイルの消火活動がおよぼした被害は、ほぼ彼の胸から上にとどまっていた。褐色の髪は濡れそぼち、今もしずくがシャツにしたたっているが、ズボンは無事だ。

彼は不機嫌そうに額に張りついた前髪をかきあげ、ふたたび煙草に火をつけようとした。だが、マッチがしけってしまったのだろう、何度やってもうまくいかない。彼は、これまでアイルが聞いたこともないような言葉で悪態をついた。そんな相手の様子をじっと見つめていたアイルは、

「煙草って、そんなにおいしいですか？」

ぽつりと疑問をもらした。すると、彼は鼻で笑った。

「吸ったことないのか？　ひよっ子」

う……しまった。

「もちろん、ありますよ！」

アイルは虚勢をはった。

「でも、校則で禁止されてるでしょ」

「バレなきゃいいのさ」

それはそうね。アイルは、あっさり納得した。レスウェイルズ女学院にいたころ、校則破りは彼女の十八番《おはこ》だった。人にお説教する資格はない。

「あ、ぼくの名前は、エリック――」

「コールフィールド」

煙草男は、アイルの自己紹介を先まわりして言った。

「おまえだろ？　マーガリー寮を一日で出てったヤツって」

それを知っているということは――

「あなた、マーガリー寮の方なんですか？」

「ああ」

「お名前をうかがっても？」

「ギルバート・スタンレー」

チャンスだわ、とアイルは思った。彼から、なにか聞きだせるかもしれない。

ところが、先に質問をしてきたのは、スタンレーのほうだった。

「おまえって、カートライトのなんなんだ？」

「親戚《しんせき》です」

「そんなことは知ってるよ。けどな、おまえにたいする過保護ぶりは評判になってるぜ。あいつらしくないからな」

「どうらしくないんですか？」

「あいつは自分に厳しい分、他人にも厳しいんだ。いつもはな」

わたしにだって十分厳しいわよ。アイルは心の中で反論した。

「ちょっとぶっ倒れたくらいで寮までかえさせちまうなんて、信じられないぜ」

「同感です。ほんとはぼくも、マーガリー寮のほうがよかったんですけど」

「へえ。なんでだよ？」

そこでアイルは、思わせぶりに声をひそめた。

「だって、マーガリー寮って、幽霊が出るんでしょ？　聞いたんですけど、勉強部屋で自殺した生徒が――」

最後まで言うことはできなかった。スタンレーがいきなり胸倉をつかんできたからだ。

「もう一度言ってみろ！」

とつぜんの剣幕に、アイルの心臓は飛びあがった。

「えっ、なっ、もっ――」

頭が真っ白になって、言葉が出てこない。

「言ってみろよ、くそガキ！　おまえの首の骨をへし折って、二度としゃべれなくしてやるからな！」

スタンレーは怒りに声をふるわせながら、容赦なくアイルをゆさぶった。タイがもちあがって首が絞まり、息ができなくなる。

「いいか？　あいつのことは軽々しく口にするな！　あいつはな、面白半分に噂話の種にされるようなヤツじゃないんだよ！」

「はな――離してください。く、苦し――」

「わかったか？」

「わ、わかりました」

スタンレーは突き飛ばすようにアイルから手を離すと、その場にペッと唾《つば》を吐き、大股《おおまた》で温室を出ていった。

アイルの心臓は、まだドキドキしていた。

「……怖かった」

正直な感想だった。スタンレーは本気で怒っていた。いや、あれほど激昂《げっこう》している人間を、アイルはこれまで見たことがない。

そのとき、記憶の底から、ふっと一つの名前が浮かびあがった。スタンレー。

思い出した！　飲酒事件で、ジョックといっしょに罰則をうけた生徒だ。コリンズ教官が挙げた名前は、たしか――フレミング、ハーマン、スタンレー。

アイルは、ようやく納得した。そうか。友達だったんだ。

――あいつはな、面白半分に噂話の種にされるようなヤツじゃないんだよ！

スタンレーの怒りが耳によみがえる。

アイルは、自分の不用意な言葉を後悔した。

イライアス・コノリーにつづいて、二度目の失敗だ。アイルの目的はジョックの死の謎を解明することで、彼の死を悼む人々をつつきまわして苦しめることではないというのに

――

「なんて厄介なのかしら……」

誰にも真意を知られずに調査することの難しさを、アイルはあらためて実感した。

しかし、これだけは言える。コノリーも、スタンレーも、ジョックのことを信じている。

それは、エリックにとって慰めになる事実だ。

温室を出ると、トビーがアイルをさがしてやってきた。

「いたいた！　コールフィールド、大丈夫かい？」

たちまち、競技場での醜態がよみがえって、アイルは顔を赤らめた。

「う、うん。ごめん、あの——ちょっと気分が悪くなっちゃって」

「やっぱりか。そうじゃないかと思ったんだ。きみには持病があるのに、忘れてて悪かったよ」

「きみのせいじゃないよ。ぼくが断ればよかったんだ」

　そして、恐る恐る言った。

「……みんな、怒ってるかな？」

「説明しといたから、大丈夫さ。それより、気分はどう？　もういいの？」

　アイルは、嘘をついたことに後ろめたさを感じた。もっとも、それをいうなら、アイルは転入以来、ずっと大きな嘘をつきつづけているのだが。

「うん、休んだらよくなった。心配かけてごめん」

　二人は、いっしょにならんで歩きだした。

「ところで、スモーカーとなにか話してたの？」

　ふいに、トビーが言った。

「スモーカー？　だれのこと？」

「六級生のギルバート・スタンレーさ。さっきすれちがったんだ。きみがここにいるって、教えてくれた」

ああ、なるほど、とアイルは思った。それがあだ名だとすると、スタンレーが喫煙の常習犯であることは、すでに周知の事実なのだ。それにしても——

「バロウズは、どうして彼を知ってるんだい？」

シルバートン校の生徒は寮ごとに集団生活を送っているから、他寮の生徒と接する機会はあまりない。まして学年級もちがうのに、トビーがスタンレーを知っていたのは意外だった。だが、

「そりゃあ知ってるさ。わが校の英雄だもの」

トビーは顔を輝かせて言った。

「フットボールの選手だったんだ。元学校代表だよ。膝《ひざ》を痛めて、もう前みたいには走れないんだけどね。でも、彼のことはみんな忘れないと思うな」

「へ、へえ……」

アイルはひるんだ。

あの暴力的スポーツの英雄？　怖いはずだわ。野獣の王ってことじゃない？

だが、口ではちがうことを言った。

「伝説的な名選手なんだね」

トビーは大きくうなずいた。

「まさにそう。あのね、毎年レント学期のはじめに、ペンブローク校と対抗試合があるんだ。でも、去年までうちは七連敗しててさ」

それを聞いて、今度はちょっとホッとした。

「なんだ。弱いんじゃない」

すると、たちまちトビーはムキになって言いかえしてきた。

「失敬だな！　そうじゃないよ。むこうが強すぎるんだ」

そういう考え方もあるわね。

「でも、今年はちがった。みんな目の色をかえて練習したし、ぜったい勝つって燃えてたんだ。ところが、試合の直前に、スモーカーが足を痛めてしまって――」

「それで八連敗？」

トビーはますますムキになった。

「ちがうって！　確かに絶体絶命だったけど、それで逆にみんなの結束力が強まったのさ。わかる？」

「わからない」

「これで負けたら、スモーカーは責任感じるだろ？　自分が怪我したせいだって。だから みんな、よけいに負けるわけにはいかなくなったんだ。戦力が落ちたのは本当さ。だけど、それがすべてじゃない。そしてそれを、みんなで実際に証明してみせたんだ。感動したな！　すばらしいよ！　そう思わない？」

「う……うん」

あんまりトビーの鼻息が荒いので、アイルはしかたなくうなずいた。実のところは、彼がなにを言いたいのかよくわからなかったが。

「それで、その試合はどっちが勝ったの？」

あらためて訊《き》くと、トビーは、がっかりした顔になった。

「今言ったろ？　うちが勝ったんだよ」

「へえー」

「だけど、いちばん感動したのはさ、勝敗じゃなくて、彼らが互いの力を認めあってるってこと。ペンブローク校のキャプテンはフラッシュマンっていう、乱暴で嫌なヤツなんだけど、彼でさえスモーカーには一目置いてるものね。戦いが終われば、敵も味方もない。いや、死力を尽くして戦ったからこそ、真に理解しあうことができるんだ」

……その理屈、ものすごくおかしいわよ。

「ふうん。だけど、だったらなぜ、今日はゲームに参加しなかったのかな。温室で煙草なんか吸ってないで」

すると、上気していたトビーの顔から、たちまち熱がひいていった。

「選手をやめたんだ。古傷が痛むんだって」

ぽつりと言う。

「そうか。残念だね」

気まずい沈黙が流れた。たぶんそれは、生徒のだれもが悲劇だと思うようなことなのだろう。共感しそこなったアイルは、またヘマをしてしまったと感じたが、トビーは許してくれた。ため息をついて、話題をかえてくれたのだ。

「ところで、今度の週末の休み、予定ある？」

「休みって？」

アイルは訊きかえした。

「月に二日の全休日さ。忘れたの？」

そういえば。来たばかりだし、毎日、目がまわるように忙しくて、次の休みを指折り数えて待つような余裕はなくしていた。

「そうだったね。まだなんにも考えてないや」

「じゃあ、晴れたら釣りに行かないか？　穴場を知ってるんだ」

アイルは、ビックリしてトビーを見た。

「ほんと？　連れてってくれるの？」

カートライト家の領地がある田舎では、よくおじがウィルを連れて釣りに行っていたものだ。だが、アイルは一度も同行を許されなかった。女の子だったからだ。

「ぼく、釣りってやったことないんだ。できるかな？」

「かんたんさ。教えてやるよ」

男子校って、すばらしい。

7

休日の朝は、すばらしい好天に恵まれた。この季節にはめずらしい青空が広がり、日差しもあたたかい。風は少し冷たかったが、それでも釣りには絶好の日和だ。

アイルはトビーといっしょに釣竿《つりざお》をかつぎ、いさんで寮を出発した。シルバートンの広い敷地内には森があり、その中央を川が流れていて、これがけっこうな漁場なのだという。ところが、同じことを考える者は少なくないらしい。川辺のいたるところでシルバートンの制服を見かけたし、トビーのとっておきの場所にも先客がいた。デレク・マーストンだ。岸に寝転がってあくびをしながら、のんびり釣り糸をたれている。

天敵の姿に気づいたとき、アイルはふん！　と顔をそむけた。あんなヤツとは、金輪際、口をききたくない。

「ほかへ行こうよ」

アイルの提案はトビーにも受け入れられた。上級生と同席するのは、いつだって気詰まりなものだ。

二人はさらに上流に歩いていった。そして、ようやく場所が決まると、仲良くならんで釣り糸をたらした。

だが、期待したわりに、それは面白い遊びとはいえなかった。魚なんかめったにかからないし、かかったとしても雑魚《ざこ》ばかり。退屈なこと、この上ない。それでも一時間ほど経ったとき、トビーがやっと一ポンド級のマスを二尾釣りあげたので、お昼に焼いて食べることにした。

トビーはもってきたバスケットの中をあさり、「しまった」とつぶやいた。

「マッチを忘れた」

言うがはやいか、トビーは立ち上がった。

「とってくるよ」

「いいよ、わざわざ」

アイルが言った。

「でも、だれかもってるかもしれないだろ？　そうだ。もしかしたらマーストンが――」

「反対！　あんなヤツに借りをつくりたくない！」

ただちに声をあげると、トビーは笑いながら肩をすくめた。すでに事情は話していたのだ。

「わかった。でも、下流でピクニックしてる連中もいるし。寮までもどることになったって、走ればたいした距離じゃない。それより、ぼくの釣竿、流されないように見てて」

トビーはそう言い残して、すっ飛んでいった。

彼はどうやら、弟にたいする責任のようなものをアイルに感じているらしい。自分が面倒を見てやらなければ、アイルにはなに一つ満足にできないとでもいうように。

たしかに、ここではなにもかもが不慣れなことばかりだから、たよりない印象をあたえてしまったとしても、しかたがない。だが、アイルにしてみれば、トビーのほうが弟のようだった。はしっこくて無邪気で愛嬌《あいきょう》があって、ちょっと単純だけど正義漢で。

トビーと友人になれたのは幸運だった、とアイルは思う。そうでなかったら、学校生活は今の半分も楽しくなかったかもしれない。

だが、今のところは上々だった。食堂で一人殴り飛ばして以来、面とむかってアイルを侮辱する者は減っていた。勉強も上々。ラテン語は一学年級上げてもいいくらいだと担当教官に言われたし、歴史も得意分野だ。ただ、あいにくと数学が難物で、これは平均以下。

ところが、意外な救い主がいた。トビーだ。彼は勉強でもスポーツでもたいていが中ほどの生徒なのだが、数学だけは飛びぬけてよかった。物理と天文学に興味があるのだという。

自習時間には彼がつきっきりで教えてくれるので、アイルはいつもギリギリで課題をきりぬけることができた。

フットボールだけはいまだに好きになれないが、まあ、これはいい。問題外。あとは、もう少し釣りの腕をあげないと――

そのとき、妙な音が耳をかすめ、アイルは自分の想念からひきもどされた。ドッドッドッドッ……と、まるで機関車のような規則正しい音が、どこからか聞こえてくる。それは次第に大きくなって、ついには、バン！　ガタン！　ドドン！　という騒音にかわった。

アイルは上流を見やり、ようやくその正体に気づいた。小舟だ。乗っているのは一人で、シルバートンの生徒だった。上着の色でそれがわかる。

おどろいたことに、舟は櫂《かい》でこいでいるわけでもないのに、勢いよく突き進んできた。そして――アイルから十ヤードほどの距離まで来たところで急にガタガタと揺れだし、いきなり、ドカン！　と爆発した。たちまちあたりに黒煙がただよい、その舟の姿はかき消えた。

アイルはあわてて駆けだした。

「大丈夫ですか!?」

すると、ざぶざぶ水をかきわける音がして、煙の中から人影があらわれた。舟は転覆して水に沈んだらしいが、幸い、そのあたりは浅かったようだ。濡《ぬ》れているのは胸から下だけだった。ただし、顔は煤《すす》で汚れていて、眼鏡も真っ黒になっていた。

遭難者は自力で岸にたどりついたものの、川から這《は》いあがるのは少し手間どった。小脇に重そうな機械をかかえていたせいだ。そして、やっとのことで安全地帯にたどりつくと、額に張りついた前髪をかきあげ、いらだたしげに毒づいた。

「くそっ！　なにも見えん」

そのとき、アイルの心臓がドキンと跳ねた。今の声――お父さまにそっくり！

「眼鏡に煤がついてるんです」

アイルが教えてやると、彼は眼鏡をはずして、レンズを上着でこすった。だが、彼の上着は濡れていたから、煤が溶けて、逆にインクを塗りつけたようになってしまう。アイルは、自分の乾いたハンカチをさしだした。

「これ、使ってください」

「すまない」

そう言って、彼はアイルの親切をうけとった。

顔はそう似ているわけでもないが、やはり声はジェフリー卿《きょう》にそっくりだった。低音で深みのある響きに、思わずうっとりしてしまう。まるでお父さまのそばにいるみたい。もっとなにか言ってくれるといいのに。

ところが、彼はふたたび眼鏡をかけると、もうアイルの存在など忘れたかのように、自分のもってきた機械のほうにかがみこんだ。

「くそっ！　なんてこった！　シリンダーに亀裂が入ってる」

「どうしたんですか？」

アイルの質問は、耳に届かなかったらしい。彼はひとり言をつづけた。

「ガスが多かったのかな。比率を変える必要があるか」

「なにがあったんですか？」

無視されても、アイルはくじけず口をはさんだ。今度は彼もこたえてくれた。

「爆発したんだよ。三号機は失敗。またやり直しだ」

三号機？

「そもそも、なんなんですか、それ？」

「決まってるだろ、エンジンだ。画期的な内燃機関で——」

彼はふいに顔をあげ、川のほうを見やった。

「——やっとこれだけ取り外せたんだ。舟は全壊か。しまったなあ。あっちを助けりゃよかった。学校のだったのに」

彼は弱り果てたように頭をかきむしった。そんな様子は、見ていてちょっとかわいい。

「つまり、小型の蒸気船みたいなもの？」

アイルは考えながら言った。テムズ川を走る蒸気船になら乗ったことがあるが、勝手に動く小舟なんて初めて見た。

「馬鹿な。蒸気エンジンなんか時代遅れだ」

彼が勢いよく立ち上がったので、行ってしまうのだとわかった。アイルはあわてて彼の背中にむかって叫んだ。

「あのっ！　ぼく、エリック・コールフィールドといいます。あなたのお名前は？」

「ケネス・エアリー。いずれにしろ、もっと効率を上げないと――」

あいかわらずぶつぶつとつぶやきながら、ジェフリー卿とそっくりの声をもつ青年は機械をかかえて去っていった。

彼の姿が見えなくなっても、アイルはまだドキドキしていた。だって、まるでお父さまと話しているみたいだった。あんな人がいたなんて――

ケネス・エアリーか。上級生よね。背が高かったし、肩幅も広かった。髪はお父さまよりちょっと濃いくらいで、瞳《ひとみ》は眼鏡でよく見えなかったけど、たぶん暗い灰色か青で――

また会えるかしら？　名前だけでなく、寮も訊《き》いておくんだった。

アイルは思いがけない出会いにぼうっとし、夢見心地でもとの場所にもどった。釣竿が一本なくなっていることに気づいたのは、そのときだった。いつの間にか、川に流されている。

たいへん！　トビーから注意するように言われてたのに！

アイルは釣竿の行方を追い、後先考えず川に飛びこんだ。ところが、そこは深い淵《ふち》で、一気に首まで沈んでしまった。アイルはあぷあぷしながら水面から顔をだし、懸命に手をのばした。だが、無情にも釣竿は指先をすりぬけていく。

ああ、どうしよう！

水をかきわけて追いかけると、とつぜん、足が底につかなくなった。まずい！　と思ったときには、手遅れだった。水の勢いにおされ、アイルの体はどんどん流されていく。溺《おぼ》れそうになったアイルは、大声で助けを呼んだ。

だが、どこからもこたえる声はない。そして次の瞬間、アイルは渦にひきこまれた。ひっくりかえって水に沈み、たちまち上も下もわからなくなった。必死で手足を動かすが、ぬけだすことができない。

ああ、だめ！　息が苦しい！

気が遠くなりかけたとき、だれかがアイルの腕をつかんだ。強い力で、ぐいぐいひっぱられる。

アイルは無我夢中で救い主にしがみついた。と、いきなり耳もとで罵声《ばせい》を浴びせられた。

「馬鹿野郎！」

おどろいたことに、アイルがしがみついていた相手はデレク・マーストンだった。

「あわてるな、馬鹿！　力をぬけ！」

理不尽な要求だった。そんなことしたらまた溺れる！

「しがみつくな！　オレはおまえと心中するつもりはないぞ！　助けてやるから力をぬけってんだ、くそガキ！」

つづけざまに罵倒されて、パニックがおさまってきた。恐怖心は残っていたが、少し落ち着くと、すぐには沈まないことがわかった。デレクがしっかり体を支えてくれていたからだ。

大嫌いなヤツだが、わざわざ助けに飛びこんでくれたのだ。今は信用するしかない。

デレクは少しずつ、アイルを岸に導いてくれた。しかし、ようやく足がつくところまで来ても、疲れきっていたアイルには、もはや自力で這いあがることができない。デレクはまた悪態をつき、アイルの襟首をつかんで、乱暴にひっぱりあげた。

助かった……。安堵《あんど》のあまり、体中から力がぬけた。

アイルが草の上でぐったりしていると、デレクはさっさとシャツを脱いでしぼりはじめた。また裸に遭遇したわけだが、今は羞恥心《しゅうちしん》でオロオロするような元気はない。むしろ、人前で平気で脱げる、彼らの図太い神経がうらやましかった。

こんなの不公平だわ。アイルは悔しくなった。女って、どうしてこうも不自由なんだろう？　どうして、彼らと同じようにできないの？

デレクは、川に飛びこむ前に脱ぎ捨てていた上着を拾った。

そのとき、アイルはふいに寒気に襲われ、大きなくしゃみをした。ガタガタふるえだすと、デレクが目をとめて言った。

「服を脱げ。オレの上着を貸してやる」

アイルはギョッとし、思わず襟元をつかんだ。

「い、いいよ、このままで。寮にもどったら着替えるから」

「馬鹿野郎、風邪ひくぞ。この間のオレみたいにな。いいから、つべこべ言わずに脱げ！」

無理やりシャツの前をはだかれて、アイルは悲鳴をあげた。デレクが唖然《あぜん》として動きを止めた隙に、身をひいて逃げる。

見られた!?　どうしよう！

二人の間に、気まずい沈黙が流れた。

デレクは、呆《ほう》けたような顔で突っ立っていた。たった今、目にしたものが、信じられないらしい。アイルはふくらみかけた胸に布を巻いておさえつけていたが、それでもシャツを脱げば一目瞭然《りょうぜん》だ。

「……おまえ……なんで、胸が……」

のろのろとつぶやく。

「……女じゃ、あるまいし……って、おんな……？」

デレクは自分の言葉にハッとして、いきなりわめいた。

「なんで女がこんなところにいるんだよっ!?」

とつぜんの大声に、アイルもわれにかえった。

「シッ！　シーッ!!」

「シーじゃねえ！」

「大声を出さないで！」

こうなったら、腹をくるしかない。アイルは立ち上がってデレクに歩みよると、彼の胸に人差し指をつきつけた。

「ええ、そう。たしかに、わたしは女だわ。だけど、いいこと？　もしもわたしのことをだれかにバラしたら、わたしもあなたのことを学校にバラすわよ」

　すると、デレクはいきりたった。

「オレがなにをしたってんだ？　いいか、よく聞け——」

「賭《か》けの胴元」

　デレクは、ぴたりと口をつぐんだ。彼が守銭奴で、金儲《かねもう》けのためなら手段を選ばない男だということはもうわかっている。アイルはつづけて罪状をならべたてた。

「試験問題の予想屋、レポート代行、金銭のやりとりをともなう、その他もろもろの禁止行為。知らないとでも思ってたの？　あなたがほかの生徒を相手に荒稼ぎしてることがバレたら、やっぱり放校になるかもしれないわよ」

　デレクは歯を食いしばった。

「くそう。金持ちにわかってたまるか。この世の中、金がなけりゃ——」

「なんにもできないってわけね。あなたにとっては、お金がいちばん大事。関心があるのもお金のことだけ。だったら、わたしの秘密なんて些細《ささい》なことでしょ」

「些細なことだあ？」

「そうよ。黙ってたからって、あなたに害がある？　だけど、黙ってなかったら確実に害があるって、わたしがわからせてあげる」

その脅しは、効果があったようだ。

「ちくしょう、勝手にしろ！」

デレクは吐き捨てた。だが、まだ安心はできない。

「取引成立？」

アイルは念をおした。

「取引？　脅迫だろ。だが、ああ、なんにしろ成立だ」

アイルはデレクの顔をじっと見つめ、ようやくホッとした。

「ならいいわ。あなたを信用する」

「カートライトは知ってるんだろうな、当然」

今さらかくしたって、しかたがない。アイルはうなずいた。

「道理で、おまえに気をつかってたはずだよ。女だったとはな！」

アイルはムッとした。

「女、女って言わないでよ」

「事実だろ。だいたい、女がシルバートンになにしにきやがったんだ。のぞき趣味でもあるのか？」

「人助けよ。だけど、あなたみたいな下劣な想像しかできない人に、これ以上話すつもりはありません」

「そうだろうよ、お姫さま」

デレクはアイルにむかって自分の上着を投げつけ、そのまま歩きだした。だが、思い出したように途中で立ち止まると、肩ごしにふりかえって言った。

「マフラーの借りは返したぞ！」

＊

夜になって上着を返しにいったアイルは、デレクが医務室で寝ていると聞かされた。どうやら、裸で寮にもどったせいで、風邪がぶりかえしてしまったらしい。さすがに知らぬ顔もできないので、アイルはその足で見舞いに直行した。

ところが、デレクのベッドのそばには先客がいた。ウィルだ。

まずい！　アイルはあわててきびすをかえしたが、

「逃げなくてもいい。コールフィールド、入りたまえ」

ただちにウィルから呼びもどされた。アイルはばつが悪そうにふりかえり、もじもじして言った。

「あのー、具合はどう？」

デレクは返事のかわりに大きなくしゃみをして、盛大に洟《はな》をかんだ。

「……あんまりよくないみたいだね」

デレクはアイルの顔をジロジロ見たあと、いまいましそうに言った。

「おまえはえらく元気そうだな」

「おかげさまで」

ずぶ濡《ぬ》れになったのはアイルも同じなのに、なぜか風邪の兆候はまったくあらわれていない。もともとが健康優良児なのだ。

「無事なうちにさっさと帰ったほうがいいぜ。ここにはおまえの探偵趣味を満足させるような謎なんてなんにもないからな」

アイルはハッとした。

「しゃべったの!?」

ウィルにつめよると、彼は肩をすくめて言った。

「しかたがないだろう」

たしかに、デレクがウィルに説明を求めるのは、自然な流れだ。そもそもシッポをつかまれたのは自分なのだから、ウィルを責めることはできない。

そのとき、デレクがとんでもないことを言いだした。

「言っておくが、ダルトンが盗みをやったのはほんとのことだぜ。現行犯をおさえたのは、そもそもオレだからな」

「あなたが？」

おどろいて訊《き》きかえすと、デレクはうなずいた。

「黙っといてやるから、自首しろと言ってやったんだ」

それでやっと、ジョックがコリンズ教官に名乗りでた理由がはっきりした。

だが、アイルにはいささか信じがたいことだった。金のことしか頭にない守銭奴が、他人にそんな温情をかけるなんて。

「へえ。あなたにしては、ずいぶんとご親切じゃない」

疑わしげに言うと、横でウィルが苦笑した。

「人には言えない金をもっていたからね。そうだろう？　マーストン」

図星をさされて、デレクはむっつりと白状した。

「ダルトンのヤツ、セントレジャーの売上金に手を出してきやがったんだ」

「なにそれ？」

アイルが訊いた。

「知らないのか？　ドンカスター競馬場のレースだよ」

「あなた、賭け屋までやってたの？　それって違法よ！」

「シッ！　競馬くじだよ。まちがえるな、馬鹿。それくらい、どこの寮でもやってるぜ」

かんたんに説明してくれたところによると、一回につき一シリングを払って、出走馬の名前を書いたくじをひくのだそうだ。そして、三着までの馬を引き当てた者が、売上金をわける仕組みになっている。もちろん校則違反だが、生徒たちのささやかな娯楽として定着しているし、額が小さいこともあって、なんとなく目こぼしされているらしい。デレクは、スクール寮で集めた金を預かっていたのだった。

「それで、そのときいくらもってたの？」

「たいした額じゃない。三十四シリング」

「つまり、うちの寮の四十五人中、三十四人が参加したわけか。やれやれ」

ウィルが呆《あき》れて首をふると、

「知ってて見逃してるくせに、今さらつべこべ言うな」

デレクは口をとがらせて言いかえした。

「ジョックって、コリンズ先生の懐中時計も盗んだのよね。そっちは三十四シリングどころじゃなかったはずだわ。いったいそんな大金、なんにつかったんだと思う？」

んか」

「女でもいたんじゃねえか？　新学期そうそう派手な面会人が来て、評判になってたじゃ

　するとなぜか、ウィルがそわそわしはじめた。

「マーストン。あのご婦人のことなら、三十はすぎてたよ」

　デレクは片眉《まゆ》をつりあげた。

「ご婦人？　いくら念入りに化けてたって、見りゃわかるぜ。ありゃ、商売おん――いて

っ！」

　ウィルから肩を小突かれて、デレクは口を閉じた。

「商売おんって？」

　アイルはきょとんとして言う。ウィルは咳払《せきばら》いをした。

「デレクはからかっただけだ。ジョックは、まじめな生徒だった」

「みんなそう言うわね」

　アイルは、ため息をついた。エリックのためにも、それは大いに励まされる事実なのだ

が、そこから先がまったく進展しない。

「みんなというと？」

　ウィルが聞きとがめた。

「ジョックの友達を見つけたの。イライアス・コノリーとギルバート・スタンレーよ。知ってる？」

「〝牧師〟と〝スモーカー〟ね。おかしなとりあわせだな」

デレクが言った。

「牧師って？」

今度はアイルが訊いた。

「あだ名だよ。コノリーは牧師志望で、スタンレーは——」

「知ってる。喫煙常習犯なんでしょ。同室のトビーが言ってたけど、彼ってシルバートンの誇りなんですって？」

「誇り？」

「対外試合の功労者よ。フットボールの」

デレクは、意地悪く鼻を鳴らした。

「まあ、そうかもな。あいつが怪我をしてくれたおかげで、わがシルバートン校は長年の宿敵ペンブローク校に勝てた。多大なる貢献をしてくれたよ」

「そんな言い方って、紳士らしくないわ。もしかして、スモーカーに嫉妬《しっと》してるの？」

「馬鹿言え。そんなんじゃない」

「だったら、素直に認めるべきね。彼は相手校のキャプテンにも一目置かれてたんでしょ？」

デレクは眉根《まゆね》をよせて、アイルを見た。

「なんでそんなこと知ってんだ？」

「だって、街で二人が会ってるとこ見たって、トビーが言ってたもの。彼の説によると、熾烈《しれつ》な戦いのあとには友情が芽生えるものなんですって。ええっと……フィ、フィ、フィッシャーマンっていったかしら？」

「面白い冗談だな。あいつは漁師《フィッシャーマン》じゃない。フラッシュマンだ」

いちいちつっかかってくるデレクに、アイルはまた腹が立ってきた。

「どっちでもいいわ。問題はそんなことじゃないし」

「そうだったな。じゃあ、なにが問題なのか聞いとこうか、お嬢さま。いったい、どこまで他人のプライバシーをほじくりかえせば気がすむんだ？　ダルトンは、あの世でさぞかしありがたがってるこったろうぜ」

「好奇心でやってるわけじゃないわ。それに、もしジョックが殺されたのなら、きっと真相を明らかにしてほしいに決まってる」

「おまえ、頭は大丈夫か？　だれがどんな理由でダルトンを殺すってんだよ？」

デレクに鼻で笑われて、アイルは思わずカッとなった。

「七人委員会よ！」

デレクとウィルは啞然《あぜん》とし、そろってアイルの顔を見かえした。

「――はあ？」

「〝謎の七人委員会〟がジョックを殺したって、そういう噂が流れてるの。知らないとは言わせないわよ！　どうして黙ってたんだか知らないけど」

ケンカ腰になって怒鳴りつけると、

「くだらねえから黙ってたに決まってるだろ！」

デレクも負けずに怒鳴りかえしてきた。

「だれだ、そんな寝言をふきまくってるヤツは？　またバロウズか？」

「トビーはお兄さんから聞いたの。シルバートンの卒業生よ」

「幽霊話をまにうける**馬鹿**もいるってことだよな！　どこかのおめでたいお嬢さまといっしょでよ！」

「なんですってえ!?」

険悪になりかけたところで、ウィルが割って入った。

「アイル、落ち着くんだ」

「わたしは落ち着いてるわよ」

アイルはデレクをにらみつけたまま、あてつけて言った。

「なんでもケチをつけることしか知らないどこかのだれかさんと違って、わたしは最初からずーっと理性的に物事をうけとめてます」

デレクはまたムッとして反論しかけたが、ウィルに目で制され、しぶしぶ黙りこんだ。

ウィルは静かな口調で話をつづけた。

「仮に殺人だとしたら、動機があるはずだろう。〝謎の七人委員会〟が存在すると信じるのは人の勝手だが、どうして彼らがジョックを殺さなきゃならない？」

「ジョックがシルバートンの名誉を汚したからよ。トビーはそう言ってたわ。なんでも、学校を浄化するって考えにとりつかれてる連中らしいじゃない」

「馬鹿馬鹿しい」

デレクが吐き捨てた。

「馬鹿馬鹿しいかどうかは、今にわかるわ。やむを得ず秘密は打ち明けたけど、わたしはあなたの助けなんか、ぜんぜん必要としてませんから。失礼！」

アイルは戸口にむかうと、最後にもう一度デレクにしかめっ面を見せてから、扉を閉めて出ていった。

「〝謎の七人委員会〟か。どうにも厄介なことになってきたな……」

ウィルは、もの思わしげにため息をついた。

「あいつ、自分のやってることの危険がまったくわかってねえな」

苦虫をかみつぶしたような顔で、デレクも言う。

「もしダルトンが自殺じゃないとしたら、あいつは殺人犯を追っかけまわしてることになるんだぜ？　それでなくても爆弾みたいな秘密をかかえてやがるくせに。あの、へらず口のくそったれ女め！　このまま好きにやらせとく気かよ？」

「言って聞く相手なら、とっくにそうしてるよ。まあ、バレた相手がきみで、せめてもの幸いだったと思うべきかな」

「おまえが甘やかすからいけないんだ。女はトラブルのもとだぞ」

「アイルは大丈夫だ。そもそも、父親以外は男だと思っていない」

デレクは、ふんと鼻を鳴らした。

「ファザコンか」

「ジェフリー卿《きょう》が父親なら、それも無理はないと思えるね。尊敬すべきおじだ」

「おまえらの同族意識なんぞ、くそ食らえだ。どうせ、あのお嬢さまはおまえがひきとることになるんだろ?」

　ウィルは微笑んだ。

「おじはそれを望んでいる。ぼくの両親も」

「おまえはちがうっていうのか?」

　デレクは嘲笑《あざわら》うように言った。

「もちろん、ぼくだってそうさ。そのためにずっと見守ってきたんだ。彼女の理想は父親のような男性だが、ぼくは誰よりもそうなれる自信がある」

「くだらない」

「なんとでも」

　ウィルは余裕の態度でデレクの不機嫌をうけとめた。

「だから、マーストン。アイルにちょっかいを出していじめるのは、もうやめてくれ。なんでもないことだろう?　彼女一人を無視することくらい。きみはもともと、上流のわがままなお嬢さまは嫌いなはずだ」

　デレクはウィルをにらみつけ、「わかったよ」とぶっきらぼうに言った。

　そう、たしかにデレクは、甘やかされて育った金持ち娘は嫌いだった。自己中心的でわがままで、他人の迷惑などかえりみない。世間を知らず、自分の力ではなに一つできないくせに、他人を見下すことだけは一人前以上だ。カートライトの言うとおり、無視してかかるほうが利口だとわかっている。

なのに、腹立ちを抑えることができなかった。

どうして、オレが気にする必要がある？　あの女が結局は鳥かごの中で生きていて、それでも当人が気づかずにいられるなら、それはそれで結構じゃないか。

今回のとっぴな行動も、どうせご令嬢の気まぐれにすぎない。一通り見るものを見て満足すれば、さっさと飽きて出て行くに決まっている。要は、それまでの辛抱なのだ。

彼女たちに付き合ってふりまわされることの愚が、デレクにはよくわかっていた。二度とあんな思いはしたくない。

8

朝、始業前にアイルが教室に駆けこむと、戸口で上級生にぶつかった。

「あっ、すみません！」

「こちらこそ。あれ？　きみ――」

ふりかえった上級生は、アイルに目をとめて言った。

「――どこかで会ったっけ？」

アイルは顔をあげ、あっと口をあけた。彼女のほうは覚えていた。

「先日、シルバートンの駅で」

デレクといっしょに辻《つじ》馬車に乗っていった、金髪青年だった。アイルの一言で、彼のほうも思い出したらしい。品のよい柔和な顔が、ぱっと輝いた。

「ああ。あのときデレクと話してた小紳士か。同じ学校とは知らなかったな」

「あなたは名前で呼ぶんですね」

アイルは、意外そうに言った。

「え？」

「マーストンさんのことです。ここじゃあ、みんな姓を呼び捨てにするでしょ？」

「まあね。彼とは古い付き合いだから」

それはつまり、幼なじみということだろうか？　あの無礼で底意地の悪い守銭奴に、これほど毛並みのよさそうな友人がいるなんて、まったく世の中はわからない。アイルは好奇心をおぼえたが、彼はすぐに話題をかえてしまった。

「ところできみ、四年級のエリック・コールフィールドを知らないかい？」

「ぼくですけど」

「きみが？」

彼はおどろいたように眉《まゆ》をあげ、興味深げにアイルをながめまわした。

「ふうん。なるほど」

まただ。アイルは、うんざりして言った。

「カートライトの親戚《しんせき》の転入生が、そんなにめずらしいですか？」

皮肉である。ところが、相手の反応は予想外だった。

「へえ。きみって、カートライトの親戚なのか。名前がちがうから気づかなかったな」

じゃあ、いったいなんの用なのよ？

「ぼく、あなたのお名前、お聞きしてましたっけ？」

「これは失礼。ぼくはコールリッジ寮の六級生で、クリストファー・ライル」

たしかにデレクは、彼のことをクリスと呼んでいたようだ。コールリッジ寮だったのか。今のところ、自分にはあまり縁がない。

「それで、ご用件は？」

「実は――」

と、そのとき、今度はべつのところで大きな声があがった。

「エリック・コールフィールドはいるか!?」

見知らぬ上級生が、廊下の窓から教室をのぞきこんでいる。同級の生徒が戸口のアイルを指差すと、視線がこちらにむけられた。とたん、その上級生はまた叫んだ。

「あっ、おまえ、ライル！　ぬけがけは許さんぞっ！」

上級生はどたどたと走ってきて、いきなりアイルの肩をつかんだ。

「コールフィールドには、こっちが用があるんだ！」

アイルは顔をしかめた。図体も声も、やたらと大きな青年だ。近くでがなりたてられると、耳が痛くなる。

「そうはいかないね。彼をつかまえたのは、ぼくが先なんだから」

クリストファー・ライルは、すまして言った。

アイルは、わけがわからなかった。心当たりはまったくない。いや、一つあった。決闘の申し込みかしら？　この間、食堂で殴り飛ばした生徒が仕返しによこしたのかも。あのときはウィルがそばにいたから反撃されずにすんだけど、まだ恨まれているかもしれない。心してかからなければ。

アイルは身構え、虚勢をはって言った。

「べっ、べつにぼくは、にに、逃げも隠れもしませんよ」

すると上級生は、おや、という顔をした。

「いい度胸じゃないか、転入生」

「ただし、最初に断っておきますが――」

アイルは、ひるみながら先をつづけた。

「ぼくはぜ、絶対に、謝りませんからね！　これからだって、侮辱にはだだだ、断固として立ちむかうつもりです！」

二人は、ぽかんと口をあけた。やがてクリスが、くすっと笑う。

「やあ、顔に似合わず勇ましいな」

アイルはカッとなった。

「顔は関係な――」

「おい！　そこでなにやってる！」

今度はデレクだ。彼はアイルが上級生二人にからまれているのに気づくと、さっと中に割りこんできた。

「こいつがなにかしたか？」

その瞬間、アイルは口うるさい保護者が二人になったのを知った。

どうして、頭からわたしが悪いって決めつけるのよ？

「マーストン、口出しはやめてくれ。これは男同士の問題なんだ」

アイルが雄々しくつっぱねると、デレクは問いかけるようにクリスを見た。クリスは軽く肩をすくめて言った。

「べつに。聖歌隊に勧誘しようとしただけだよ」

「聖歌隊？」

「ボーイソプラノが足りないんだ」

すると、もう一人の上級生があわてて言った。

「待て、勝手に決めるな！　コールフィールドはこっちがもらう！」

もう、デレクには事情がのみこめたようだった。

「そっちはたしか、演劇部だったな」

演劇部は、大きくうなずいた。

「降誕祭の劇でな、女役がいる」

アイルは、たちまちふるえあがった。

聖歌隊に女役ですって？　冗談じゃないわ！　そんなことしたら、女だってバレちゃうじゃない！

同じことを、デレクも考えたらしい。眉をひそめて言う。

「……顔のいいヤツなら、ほかにもいるだろ？　なんでこいつなんだ？」

「知らんのか？　マーストン。彼の絹を裂くような甲高い悲鳴は、わがマーガリー寮で語り草になってるぞ」

演劇部が言うと、次には聖歌隊も言った。

「競技場でもね。きみ、フットボールの試合中に、金切り声をあげて逃げだしただろ？」

デレクは、ジロリとアイルをにらんだ。今度ばかりは、言い訳できない。反射的に身を縮め、嫌みを覚悟したとき、

「残念だったな。こいつにそんな暇はない。オレの助手をやることになってるんだ」

意外にも、デレクは助け舟をだしてくれた。

「助手？」

クリスが、ぽかんとして言った。

「きみの？」

「そっ、そうなんです！」

アイルは急いで同調した。

「実はあのう、えーっと、お金を稼がなくちゃならなくて。マーストンさんに弟子入りさせてもらったんです」

「そんな馬鹿な！」

演劇部が言った。

「だってきみは、カートライトの親戚だろう？」

カートライト家が裕福であることは、たいていの者が知っている。

「たしかに彼の家はお金持ちかもしれないけど、ぼくんとこはそうでもないですよ」

アイルは得意の出まかせをならべはじめた。

「母方のつながりで、血縁は遠いんです。それに、祖父が事業に失敗したので、ほとんどの財産を手放すことになってしまって。ぼくがここに来られたのは、たとえ飢えても教育だけはおろそかにするなという家訓のおかげです。それでそのう、ぼくは将来きっと、自分の力でコールフィールド家を立て直してみせると、心に誓ったんです」

「泣かせる話だよな。え？」

デレクは冷ややかに言った。

当然のことだが、デレクはアイルの出まかせに感動しなかったし、それどころか、彼女のたくみな嘘つきぶりを軽蔑《けいべつ》しているようだった。アイルは生まれてはじめて、自分の達者な口が恥ずかしくなった。

「まあ、とにかくそういうことだ」

デレクは無理やりに結論した。

「**苦学生**のこいつには、おまえらみたいに遊んでいる暇はない。わかったら、あきらめてさっさと帰れ」

演劇部と聖歌隊がしぶしぶ納得してひきあげると、アイルはホッと息をついた。

「追い払ってくれて、ありがと。助かったわ」

だが、デレクはまだ仏頂面のままだった。

「本気でここに残りたいと思うんなら、あたりかまわず**黄色い**悲鳴をあげてまわるのはよすんだな」

「べつに、わざとじゃないわ」

アイルは、またまたムッとさせられた。人が素直に感謝してるのに、どうしてこんなに嫌みな性格なんだろう？

「不意をつかれて、どうしようもなかったのよ」

「ああ、そうだろうよ。お嬢さまはなんにも悪くないよな。脅かしたまわりの責任ってわけだ」

「そんな意地悪な言い方、しなくってもいいでしょ。これでも反省してるんだから」

「へえ。お嬢さまが反省ね。そいつはまったく気がつかなかった」

どうやら、機嫌をなおしてくれる気はないらしい。これ以上、言い訳するのもいやなので、話題をかえようとアイルは思った。

「ところで、あなたの助手って、なにをすればいいの？」

「あれはたんなる口実だ」

「でも、手伝うわ。じゃないと、またいつ勧誘されるかわからないもの」

デレクは、ため息をついた。とんだお荷物をしょいこんじまったという顔だ。

「おまえ、なにができるんだよ？」

「なにって？　ああ、お金儲《かねもう》けのことね。ええっと、そうね。競馬の予想やってあげましょうか？　これでも馬は大好きなの。もちろん、得意なのは乗るほうだけど。でも、あなたよりはよっぽどましな——」

アイルの言葉を無視して、デレクは言った。

「借金のとりたてでもやってもらうか。いちばん害がないしな」

デレクは胸ポケットから手帳をとりだし、その中の一枚を破りとって、アイルにわたした。そこには、生徒の名前と寮、貸付額と利子、返済期限が一覧になって書きこまれていた。

「あなたって、高利貸までやってるの？」

アイルが呆《あき》れて言うと、デレクは気分を害したように片眉《まゆ》をあげた。

「高利じゃないだろ、べつに。急場しのぎに、ときどき用立ててやるだけだ」

「でも、利子をとるんでしょ？」

「何度言ったらわかる？　オレは慈善活動家じゃないぜ」

アイルはそのリストにざっと目を通した。一件一件は、たいした額ではない。が、デレクから借金をしている生徒は、すべての寮にいた。どうやら、彼は相当に顔が広いらしい。

そのとき、アイルはふと思いついて言った。

「ケネス・エアリーって、知ってる？」

答えはすぐに返ってきた。

「〝発明屋〟か。ヤツがなにかしたか？」

「えっ？　いえ、なにかって、べつにそういうわけじゃないけど……」

アイルは口ごもった。父親に声がそっくりだから、なんとなく気になるだけだ。だが、そんなことを正直に言ったら、きっと鼻で笑われるだろう。

「嘘つけ。ヤツの道楽でひどい目にあわされた連中は山ほどいるぜ」

聞き捨てならない言葉だった。

「どんな目にあわされるの？」

「それは——」

そのとき、予鈴が鳴りはじめて、デレクの言葉をかき消した。

「おっと、遅刻する。じゃあな」

「あ、ちょっと待って！　ケネス・エアリーって、どこの寮——」

デレクは自分の教室にむかって駆けだし、もうふりかえってはくれなかった。

＊

午後の空き時間を利用して、アイルはその日からさっそく〝とりたて屋〟をはじめた。立派に仕事をこなし、人を能なしあつかいしたデレクを見返してやりたい。そんな意地もあったし、案外この新しい肩書きは、自分自身の役にも立つかもしれないと思ったからだ。

そこに気づいたきっかけは、デレクの債務者リストの中に見つけた、ある名前だった。デヴィッド・ハーマン。ジョックと同部屋だった生徒である。つまり、うまくやりさえすれば、借金だけでなく情報も集められるということだ。

そこでアイルは、チャドウィック寮からはじまるリストの順番を無視してマーガリー寮にのりこみ、はりきってハーマンの部屋をノックした。

ところが、中からの返事はない。

「ハーマンさん？　ハーマンさんっ！　ハァァァ――マァ――ンさぁ――ん！」

しつこくノックをつづけていると、隣の部屋の扉が開いて、のっぽの上級生が顔をだした。

「おい！　ハーマンはいないぜ。試験の結果が悪くて、居残りだ」

アイルはがっかりしたが、すぐに気をとりなおして言った。

「そういうあなたは？」

「オレ？　オーエンだけど」

返事を聞くなり、アイルはキラリと目を光らせた。

「するとあなたは、六級生のリチャード・オーエンさんでまちがいないですか？」

オーエンは片眉をあげた。

「だったらなんだよ？」

アイルは威儀を正して、コホンと咳払《せきばら》いをした。

「はじめまして。ぼくはエリック・コールフィールドといいます。校内貸金業者デレク・マーストンの代理でまいりました。去る九月十日、あなたが彼から借用した四シリング八ペンスの件ですが、お約束の返済期限を一週間超過しておりますことをここにお知らせいたします。つきましては——」

とたん、オーエンの顔がひきつった。

「おい、ちょっと待った！　おまえ、とりたて屋か？」

「正式名称はぞんじませんが、俗な呼び方はそういうことになるかもしれません」

「もったいぶった言い方はよせよ。金返せって言いたいんだろ？　まいったなあ。今もちあわせがないんだよ。マーストンにそう言っといてくれよ」

言いながら、オーエンは早くも扉に手をかけ、アイルを閉めだそうとする。だが、アイルはアイルで、そうはさせじとオーエンの腕をがっちりつかんだ。

「あいにくと、そういうわけにはまいりません。師匠から、なにがなんでも返済してもらうように言いつかっております」

オーエンは妙な顔をした。

「師匠？」

アイルは大まじめにうなずいた。

「ぼく、弟子入りしたんです」

「おまえ、かわったヤツだな。下級生だろ？　少しは融通きかせろよ」

「ぼくの学年級は関係ありません。問題はですね、借りたものは必ず返すのが社会のルールだということなんです。約束を守っていただかないと、代行業務を請け負うぼくの顔が立ちませんので」

「ちぇ。わかったよ、ほれ」

オーエンは観念し、今度は足で蹴《け》って扉をあけはなした。

「ほれって、なんですか？」

アイルはけげんそうに訊《き》く。

「金はない。なんでも借金のかたにもっていけ」

「……なるほど。持ち物を競売にかけるわけですね。理にかなったやり方です」

ようやく合点して、アイルは部屋の中に入った。

「でも、ろくなものがないなあ」

一通り物色したあと、呆れ顔でつぶやく。

ボロ傘、使いかけの獣脂蠟燭《ろうそく》、黄燐《おうりん》マッチ、虫眼鏡、錆《さ》びたハサミ、半年前の絵入り新聞、折れた釣竿《つりざお》……ガラクタだらけだ。教科書と文具類はまあマシなほうだが、学生からこれをとりあげるのは、さすがに悪い。

「失礼ですが、もうちょっと金銭的に価値のあるものはないんですか？」

「わかったよ。じゃあな――これはどうだ？」

オーエンは、本棚から鉄道文庫数冊とラテン語の韻律辞典を選びだし、それをアイルにさしだした。

文庫はどれも古くてぼろぼろだ。が、韻律辞典のほうは、もとが立派な革の装丁なので、まだ十分に使えそうだった。これなら、いくらか返済の足しになるかもしれない。

アイルは、ぱらぱらとページをめくり、とつぜん手をとめた。裏表紙の見返しに、署名が入っていたのだ。J・ダルトンと。

「……これ、他人のじゃないんですか？　名前が書いてありますよ」

「この間、カードで勝って、フレミングが賭《か》け金のかわりによこしたんだ。かまわないから、もってけよ」

「いえ、フレミングさんのじゃありません。ダルトンさんのです」

そのとき、オーエンがギョッとしたのがアイルにはわかった。しかし、オーエンはすぐに、なにくわぬ表情にもどってつぶやいた。

「じゃあ、フレミングのヤツ、ガラクタ市で買ったのかな。いつかホールでやってたし」

ガラクタ市といえば、デレクが勝手にアイルのマフラーを売り払った、あれだ。困窮した生徒が、ときどき小遣い稼ぎにやるらしいとも聞いた。

つまり、ジョックも持ち物を手放した経験があるってこと？

「この名前、自殺したっていう生徒ですよね。あのう……学内で盗みを働いたとかで」

「知ってるのか。うん。あいつ、そうとう金に困ってたみたいだったからな」

アイルは、飛びつくように反応した。

「どうしてですか？」

「たちのよくない女にひっかかったんだよ。まじめなヤツだったから」

訳知りに言うオーエンの顔を、アイルはまじまじと見つめた。

「あなた、彼と親しかったんですか？」

「そういうわけでもない」

「じゃあ、どうしてそんなこと知ってるんです？」

「女が面会に来てたのは、みんな知ってるぜ。ヤツのおばさんだってふれこみだったけど、品はないし、一言しゃべれば下町なまりがすごくてさ。まあ、要するにそういう女だよ」

アイルは、きょとんとして目をしばたたいた。

「要するにそういう女？」

「ちぇ。察しの悪いヤツだな。娼婦《しょうふ》だよ、ロンドンの」

「あっ」

アイルは、たちまち赤くなった。

「金をせびりにきたんだろ。あいつが盗みまでやるはめになったのはきっとそのせいだって、あとで噂になったもんな」

そのときアイルは、ウィルとデレクの会話を思い出した。

――マーストン。あのご婦人のことなら、三十はすぎてたよ。

――ご婦人？　いくら念入りに化けてたって、見りゃわかるぜ。ありゃ、商売おん……

あれはそういう意味だったのか、と今になって気づき、アイルは腹が立ってきた。

ああ、もう。じゃあ、二人だって知ってたんじゃない。お上品ぶってかくしてるなんて、あんまりだわ。なにが手がかりになるかわからないのに。

要するに、彼らは本気でアイルを手伝ってくれるつもりなんかないのだ。お義理に協力するふりをしているだけで、心の中では、さっさと挫折《ざせつ》して帰ればいいと思っているのだろう。

いいわよ。そっちがその気なら、わたしにだって考えがあるんだから。

「それ、証拠でもあるんですか？」

アイルは訊いた。

「証拠って？」

と、オーエン。

「だからつまり、あの、その女性が、ダルトンさんの、ええっと……」

いざとなると、アイルも表現に困ってしまう。だが、最後まで言わなくても、オーエンはわかってくれた。

「ああ、その証拠ね。今だから言えるけど、オレ、聞いちゃったんだよな。裏の林であいつが女ともめてるの」

アイルは思わず身をのりだした。

「なにをもめてたんです？」

「ロンドンに来いとかなんとか、そんなふうなことで言い争ってたな。ダルトンがつっぱねたら、親父を見捨てるのかって、叫んでた。あいつ、真っ青になっちまって。あわれなヤツ」

「それで、ダルトンさんは女の人にお金をわたしたんですか？」

「そこまでは見てない。でも、そんなことでもなけりゃ、盗みまではやらないだろ、ふつう」

「そうですね。でも……」

そのとき、アイルの脳裏に、コノリーやスモーカーの顔がうかんだ。

「ダルトンさんが犯人だって、みんな本当に信じているんですか？」

「あいつは自殺する前、コリンズ先生の部屋で遅くまで話しこんでたんだぜ。だれだって、あいつがシッポをつかまれたんだって気づくさ」

そのシッポをさしだしたのは、ジョック自身なのよ。アイルは心の中でつぶやいた。

「そのときのこと、おぼえてます？」

「うん。真夜中になって、あいつがベッドにいないって騒ぎになってさ。みんなでさがしたら、勉強部屋に倒れてたんだ」

「だれが見つけたんですか？」

「さあ。コリンズ先生か生徒のだれかだと思うけど」

「阿片《あへん》チンキを飲んだんですってね?」

「そうらしいな」

「遺書とかなかったんですか?」

「よく知らないけど、たぶん。オレは部屋に入ってないから」

「でも、のぞこうと思えば、できたんじゃないんですか?」

「いや、それがさ。コリンズ先生がすぐ立ち入り禁止にして、みんなに寝室から出ないように言いわたしたんだ。だから、あの部屋に入れるようになったのは、遺体が運ばれていって、警察もひきあげた後だったな。そうなると、今度はあんまり気持ちのいいもんじゃなくて、ハーマンはビビッて中に入れなくなっちまうし――」

「聞きました。美食大――いえ、ええっと、ヘフティ――じゃない、チェスニーさんと部屋を替わったんですってね?」

「よく知ってるな」

「ええ、まあ。チェスニーさんって、勇気がありますよね。ぼくだったら、ちょっと考えちゃうな」

「あいつも変わってるからな。前にヘフティと同室だったヤツって、スモーカーなんだ。

あいつのことは知ってるか？」

「ええ。フットボールの元学校代表でしょ？」

「そうそう。あいつ、隠れて煙草吸うもんだから、ヘフティが嫌がってさ。ヤニ臭いのより、幽霊のほうがマシなんだろ、きっと」

ははあ、とアイルは思った。美食大王さまなら、そういうこともあるのかも。

「そういえば、スモーカーはダルトンさんと親しかったんですよね？」

「そうだっけ？」

「だって、いっしょにお酒を飲んでコリンズ先生につかまったって聞きましたよ」

「ああ、あのときか。それならオレも飲んだぜ」

あっさり白状されて、アイルは目を丸くした。

「えっ？」

「ほかに六、七人いたかな。よくおぼえてないけど」

「そんなに？」

しかし、コリンズが教えてくれた名前は、それほど多くはなかった。オーエンによると、事情はこういうことらしい。

「休暇のとき、フレミングが実家の酒蔵からブランデーをくすねてきてさ。飲みたいヤツは部屋に来いって、適当に声かけたんだ。たしかに、あのときダルトンが顔見せたのは意外だったな。おかたいヤツだから、ふだんはそういう話にはのらないんだよ。ハーマンが同室のよしみで誘ったんだっけ？　けどあいつ、むちゃくちゃ酒に弱くてさ。あっという間に酔いつぶれちまって、スモーカーがあいつの部屋までかついでいくはめになっちまったんだ。あれがまずかったんだよなあ。その途中でコリンズ先生に見つかって、フレミングやハーマンまで捕まっちまったってわけだ。オレやほかのヤツらはうまく逃げたけど、フレミングの部屋には酒瓶が転がってたし、ハーマンはダルトンと同室だったからな」

「へえ。災難でしたね」

「言われて思い出したけど、あのあとダルトンとスモーカーが二人でつるんでるの、たしかに何度か見かけたな。案外、気があったのかも——」

そのとき、ノックの音がして、いきなり扉がひらいた。

「よお、オーエン。明日《あした》の練習試合な、チェンバーズのヤツが——」

そこで、入ってきた生徒は先客に気づいた。

「——おまえ、コールフィールドじゃないか。なにしてるんだ？　こんなとこで」

今朝アイルを勧誘にきた、大柄な演劇部だった。

「こいつ、ダルトンのことに興味があるんだってさ」

オーエンが言うと、演劇部の顔が一瞬、こわばったように見えた。

「なんだって？」

次にオーエンは、アイルをふりかえって言った。

「ちょうどよかったな。おまえ、ハーマンに用があったんだろ？」

「──は？」

アイルは啞然《あぜん》として演劇部に視線を移し、そしてまたオーエンにもどした。

「彼が──ハーマンさん？　ダルトンさんと同室だった？」

オーエンはうなずいた。

「おまけにこいつ、ダルトンから指輪まで盗まれてるんだ」

それは、思いもよらない情報だった。アイルは、あらためてハーマンを見た。

「ほんとですか？」

しかし、こたえたのはまたオーエンである。

「ああ。ハーマン家の紋章が入った、金の指輪だ。亡くなった親父さんがくれた、大事な形見だったんだよな。どいつもこいつも、ダルトンのことをやたらかばうけどさ、それを聞けば、あいつにだって卑怯《ひきょう》なところはあるってわかるぜ。事情を知ってて、同室の友達から盗みやがったんだから」

「もういい。やめろよ、オーエン」

めずらしく真剣な声で、ハーマンが言った。そして、アイルに鋭い視線をむける。

「どうして、そんなことを知りたいんだ？　コールフィールド」

アイルは一瞬、どうこたえるべきか迷った。だが、どうやらオーエンはジョックにあまりいい感情をもっていないようだし、ハーマンだって被害者なのだ。野次馬を装っても、スモーカーのときのように激怒されることはないだろう。

「どうしてって。だってその事件って、スクール寮でも噂になってるんですよ。マーガリー寮じゃ、本当に自殺だってことで、みんな納得してるんですか？」

ハーマンはハッとした。

「どういう意味だよ、それ？」

「だって噂じゃ、謎の七人――もがっ！」

アイルは、いきなり口をふさがれた。そして次には太い腕が首に巻きついてきて、息ができないほどしめつけられた。だが、ハーマンはさりげない仕草でそれをやってのけた上、

「なあ、オーエン。この知りたがり坊や、借りてっていいか？　ちょっと交渉したいんだ。降誕祭の劇に女役がいるんでな」

と、例の大きな声で言ったので、オーエンの目には二人がふざけているようにしか見え

なかった。

「ああ。こっちの用はもうすんでる」

なんのつもり!?　ちょっとっっっ!!

アイルは必死でもがいた。しかし、ハーマンの大きな体は、完全に彼女の動きを封じてビクともしない。

「ようし。行こう、コールフィールド。聖歌隊より演劇部のほうが絶対いいって。オレが保証するぜ」

なおもわざとらしくしゃべりながら、ハーマンは問答無用でアイルを部屋の外にひきずっていった。

9

ハーマンは寮の裏手にある茂みにアイルをひっぱりこむと、近くにだれもいないことをたしかめてから、ようやく手をはなした。アイルは急いで何度か深呼吸したあと、いきなり爆発した。

「なにするんですかっ⁉　あなたいったい、なっ——もがっ！」

文句を全部吐きだす前に、アイルはまた口をふさがれた。

「馬鹿！　大きな声だすなって」

「むがうぐっ！　むむーっ！」

「乱暴するつもりはないんだ。叫ぶのをやめたら、手をはなしてやる。わかったか？」

やむをえない。アイルはうなずいた。

ハーマンはホッとした顔で、またアイルに自由をかえしてくれた。

「だいたいおまえ、どうかしてるぞ。七人委員会の名前を大っぴらに口にだすなんて」

その一言で、アイルの怒りはたちまち好奇心にとってかわった。

「じゃあ、あなたも信じてるんですか？　あの噂」

「わかるもんか、そんなこと」

まだそわそわとあたりを気にしながら、ハーマンは小さく吐き捨てた。

「オレにわかるのはな、あんないかれた連中に目をつけられたら、なにをされるかわからないってことだ。知ってるか？　連中のモットーは学内浄化なんだぜ？」

ハーマンもまた、トビーとまったく同じことを言う。

「じゃあ、今までにも犠牲者が？」

「噂だけどな。あくまでも噂だ」

いや、それだけではない、とアイルは直感した。噂だけで、彼がこれほど大げさな反応を示すはずはない。

「でも、なにか知ってるんだ。そうなんでしょ？」

「しつこいな。オレはなにも知らん」

知らんのではなく、これ以上はしゃべる気がないのだろう。なぜなら、ハーマンは怯《おび》えているから。今ではもう、アイルにもそれがわかった。

そこで、作戦をかえることにした。実のところ、切り札がないわけではないのだ。

「あなた、ハーマンさんておっしゃいましたよね。すると、マーガリー寮のデヴィッド・ハーマンさんというのは、あなたのことでまちがいないですか？」

「だったらどうした？」

アイルは急に背筋をのばして威儀を正し、コホンと一つ咳払《せきばら》いをした。

「それなら、あらためてお伝えしたいことがあります。あなたは校内貸金業者デレク・マーストンから十二シリングと六ペンスの借財をなさっておられますが、お約束の返済期限を十三日超過していることはごぞんじでしょうか？」

とたん、ハーマンの顔がこわばった。

「おまえ——とりたて屋か!?」

「ええ、まあ。代行業務を請け負っております。ぼくがマーストンの弟子だということは、もうごぞんじですよね？」

「くそっ！　手をだせ」

ハーマンはふところから財布をとりだすと、それをさかさまにして、中身をアイルの手のひらの上にぶちまけた。

「クラウン銀貨が一枚、フローリン銀貨が一枚、それからペニー銅貨が一、二、三……」

アイルは硬貨の数をかぞえ、そして無慈悲にも言った。

「五シリングと一ペニー足りません」

するとハーマンは、今度は上着のポケットに手をつっこんで、裏返した。でてきたのは、キャンディが二個、くしゃくしゃのハンカチ、鹿革の小袋、錆《さ》びついたなにかの鍵《かぎ》……ガラクタの中に、ファージング銅貨が二枚まぎれこんでいた。

「追加だ」

勝ち誇ったように、ハーマンはそれをアイルにわたした。だが、

「まだ五シリングと半ペニー足りません」

アイルは容赦なくつきはなした。そして、ハーマンがそそくさとべつのポケットにしまいなおした小袋に、鋭く目をつけた。

「その小袋の中身はなんなんです？」

「なんでもな——馬鹿、よせっ！」

アイルは、相手が反応するより速く、小袋を奪いとった。そして、とりかえそうとのびてくる手に背をむけて、さっと中身をとりだした。

とたん、アイルは目をみはった。

それは、金の印章指輪だった。Hの飾り文字とユニコーンの意匠がかたどられた、由緒ありげな品だ。

「……ふうん？」

しばらくして、アイルは聞こえよがしに言った。

「なんだよ？」

すでにひらきなおったのか、ハーマンは声をとがらせる。

「あなたの指輪、ダルトンに盗まれたんでしたよね？　それとも、もとから二つあったのかな？　あるいは、盗まれたなんてはなから嘘——」

「嘘じゃない！」

「じゃあ、これはなんですか？　ダルトンに盗まれたのは、お父さんの形見の印章指輪だっておっしゃってませんでしたっけ？　いえ、それを言ったのはオーエンさんだったかな。彼はあなたに同情して、ダルトンは卑怯だって憤慨してましたよね」

「おまえの知ったことか」

「でもぼく、嘘や不正が見逃せない性分なんです。借金の踏み倒しが我慢できないようにね」

するとハーマンの大きな顔が、みるみるうちに怒りで赤く染まった。

「きさま——」

まずい。アイルは内心でヒヤリとした。この牡牛《おうし》のような大男に力ずくでこられては、太刀打ちできない。それは先刻、いやというほど思い知らされたばかりだ。

アイルはさりげなく後ずさり、いざというとき対応できるように、ハーマンとの距離を広げた。もちろん、怖がっていると思われてはいけないから、にらみつけてくる相手の視線を、堂々とうけとめながらだ。

「あなたは、盗まれてもいないものを盗まれたと虚偽の報告をした。それでなにか得することでもあるんですか?」

ハーマンは、歯を食いしばったままこたえない。

「そうですか。だったら、ぼくが見たものをコリンズ先生に報告するまでです。だって、あとで発覚して、ぼくまで共犯だと思われたらいやですもの」

「くそっ。悪魔みたいにいまいましい小僧だな!」

ハーマンは毒づいた。

「盗まれたのは本当だ。けど、あとでもどってきたんだ」

へたくそな言い訳だ、とアイルは思った。まさかこんななりゆきは予想していなかったが、ジョックが濡《ぬ》れ衣《ぎぬ》を着せられたのなら、断じて黙ってはおけない。

「警察が見つけたんですか?」

わざと訊《き》いてみた。イエスとこたえたら、警察に問い合わせてやるから。

「ちがう。それが〝謎の七人委員会〟の仕業なんだ」

「は？」

「いつの間にか、オレの勉強机の引き出しに入ってたんだよ」

まさかそんなことが——とは思ったが、ハーマンの顔は真剣そのものである。というより、今度は真っ青になって、ひきつっている。最初にアイルが七人委員会の名を口にしたときと同じ反応だ。

「でも、どうしてそれが七人委員会の仕業だとわかったんです？」

「メモがついてたんだ。〝詮索《せんさく》他言一切無用——七人委員会〟って。もう破り捨てたが、本当だ。嘘じゃない」

言い逃れではなさそうだ。というより、それが本当なら、先刻のハーマンの態度にも納得がいく。彼は怯えていた。そして、今も怯えている。

「それ、いつのことですか？」

ハーマンは少し考えるふうを見せた。

「……三日前。いや、四日前かな」

アイルもまた、にわかに緊張をおぼえ、手に汗がにじんだ。

これまでアイルが追いかけていたのは、すでに起きてしまった過去の事件だった。しかし、今もまだ、なにかが起こりつづけているのだとしたら――?

「でも、どうして七人委員会がそんなことを?」

「そりゃ、正義の味方だからだろ」

ハーマンはぶっきらぼうにこたえた。

「警察よりもくわしくダルトンのことを調べあげて、秘密裏に被害をとりもどしてるのかもしれん。だが、これはあくまでオレの推測だ。連中の考えてることなんか、オレが知るもんか。いいか? おまえもくだらん詮索はやめとけ。どうなっても知らんぞ。かえせよ」

ハーマンは、アイルの手からひったくるように指輪をとりもどすと、

「残りの借金は必ず返済する。交渉はマーストンとするから、おまえはとっとと帰れ」

そう言って、大股《おおまた》で寮にもどっていった。

いつものアイルなら、まるで子供の使いのようにあつかわれたことに憤慨しただろう。

しかし、今はそれどころではなかった。

アイルは唖然《あぜん》としていた。

まさか、〝謎の七人委員会〟が本当に存在するなんて。

デレクとウィルにそれを言ったときは、売り言葉に買い言葉だった。オーエンの部屋で口にしたのは、ただ話のきっかけをつくるためにすぎなかった。本当に、ジョックが委員

会に殺されたと疑っていたわけではない。

だが、現実に七人委員会を名乗って行動している生徒たちがいるとすると――そして、ジョックのことを調べあげ、盗品をとりもどしているとすると――彼らの目的はなに？　正義の味方ですって？　本気でそんなこと考えてるわけ？

そのとき、近くに人の気配を感じて、アイルは顔をあげた。背の高い垣根のむこうから、話し声が聞こえてくる。

「まあ、あながち不可能でもないな。発電設備をとりつけてしまえば、あとはなんにでも応用できる。ファラデーが発見したのは――」

とたんに、アイルの心臓が跳ねあがった。

「――それには電熱線をつかってみたらどうだ。この間やかんが爆発したのは、理論がまちがっていたからじゃない。やかんがやわだったんだ」

あの声！　お父さまにそっくりな――そう、ケネス・エアリーだわ。彼が近くにいる！　また彼に会える！

アイルはいきなり、声が聞こえたほうに走りだした。だが、垣根の反対側にでたとき、そこにはもうだれもいなかった。

アイルは息をはずませながら、急いであたりを見まわした。

どこに行ったのかしら？

それほど遠くではないはずだ。近くに、寮の玄関が見えた。あそこは——ブランドン寮！

ふたたび、希望がふくらんだ。アイルはかまわず玄関をくぐり、ホールに入っていった。建物の構造はどこもいっしょだから、中の様子はスクール寮やマーガリー寮とかわらない。生徒たちが数人、暖炉の前にはりついて、思い思いにくつろいでいる光景も同じだ。

アイルは、彼らに近づいて声をかけた。

「あのう、すみません。お訊《たず》ねしますが、この寮にケネス・エアリーって——」

と、そのときである。とつぜん、一人の生徒が大声で叫びながらホールに駆けこんできた。

「退屈詩人が鬱《うつ》期に入ったぞ——っっっ！」

その一声で、たちまちあたりがどよめき、次にはわっ！　と騒ぎになった。

「なんだって!?」

「マジかよ？　ちくしょう！」

「対抗試合は明後日《あさって》だぞ！　だれがワイスマンのくそったれを止めるんだ？」

暖炉の前の生徒たちも口々にわめきだし、質問するアイルにまったく気づかない様子だ。

「あのー、すみません」

なおも声をかけると、

「うるさいな、それどころじゃない！　今のを聞かなかったのか？　退屈詩人が鬱期に入っちまったんだぞ！」

ヒステリックな返事がもどってくる。

アイルは、きょとんとして訊きかえした。

「だれのことですか、それ？　テニスン？　ワーズワース？」

「サイモン・ブロックに決まってるだろ！　あー、もうだめだ！　今度の対抗試合は負けだ！」

生徒は両手で頭をかかえ、その場にくずれおちた。あまりにも大げさな嘆きのポーズだ。

アイルが当惑していると、背後からべつの生徒に声をかけられた。

「退屈詩人を知らないなんて、いったい、どこのもぐりだい？」

ふりかえって、アイルはホッとした。ちゃんと理性をたもっている生徒もいるようだ。

「ぼく、転入してきたばかりなんです」

「なるほどね。それじゃあ、知らなくても無理ないな。退屈詩人ってのは、サイモン・ブロックのあだ名でね。フットボールの寮代表なんだ。そいつが試合に出られないかもしれないってんで、大騒ぎしてるのさ」

するとこの会話を聞いていたらしい隣の生徒が、ぶつぶつ言った。

「実際、頭が痛いぜ。あいつのかわりはいないんだからな」

「どうして試合に出られないんですか？」

アイルは訊いた。

「おっそろしく気分の浮き沈みが激しいヤツなんだ。ハイでご機嫌なときには無敵なんだが、その逆になると——なんといっていいか——」

言いよどんだその先を、べつの生徒がひきとってつづけた。

「死にたくなる」

アイルはギョッとした。

「なんですって？」

「死にたくなるんだってよ。この世のすべてがむなしくなってな」

「でも、まだ死なないで生きてるんでしょ？」

すると相手は、ふんと鼻を鳴らした。

「鋭い指摘だ。ヤツに言ってやれ」

「つまり、ブロックは死にたいわけじゃないんだ」

最初に声をかけてくれた生徒が弁護にまわった。

「要するに、生き方を模索してるのさ」

「そうなのか？　あいつ、トリカブトとペラドンナとじゃ、どっちが楽に死ねるかなんて研究してるぜ」

それを聞いて、アイルの好奇心がむくむくと頭をもたげてきた。

「つまり、毒薬にくわしいってこと？」

阿片《あへん》についてもくわしいかしら？

「まあな。大きな声じゃ言えないが、コレクターだ」

ふうん。これはお知り合いになっておいて損はないかも。

「その詩人さんのお部屋って、どこにあるんですか？」

何度ノックをしても反応がないので、アイルは、そうっと勉強部屋の扉をおしあけた。

まだ日は沈んでいないのに、中は薄暗かった。どうやら、カーテンを閉め切っているらしい。暗がりに目を凝らすと、机の上に突っ伏している生徒の影が見えた。

「サイモン・ブロックさんですか？」

アイルの呼び声にこたえて、影は物憂げに上体を起こした。

「帰ってくれ。わたしは今、むなしくて話をする気分じゃない」

「なにがむなしいんですか？」

「すべてだ」

ブロックは陰気にこたえ、両手で頭をかかえた。

「この世のすべてがむなしい。あらゆる感動もよろこびも、わたしの中から去ってしまった。ここにあるのは抜け殻だけだ。もはや二度とふたたび、あの輝かしい生の香気を感じることはできないのか」

「それで、死にたいとおっしゃる？」

「そのとおり。きみは誰だ？」

「エリック・コールフィールドです」

「聞かない名だな」

「転入生ですから。あのー」

ブロックが手に小瓶をにぎっているのに気づいて、アイルは言った。

「それ、なんですか？」

「これか？　砒素《ひそ》だ」

アイルは、思わずあとずさった。

「砒素って、毒じゃないですか！」

「毒をもてあそぶのは、わたしの魂の脆弱《ぜいじゃく》さゆえだ。ああ！」

そう言ってブロックは、また大仰に嘆いてみせる。アイルは眉《まゆ》をひそめた。

「……そういうのさわるのって、怖くないですか？」

「わたしには甘美な媚薬《びやく》に見える」

「それって、ちょっと危ないですよね」

「危ない？　そうとも、紙一重でたよりない。わたしはいつも、このぎりぎりの境界を見据えながら生きている。この苦悩はなにゆえか？」

「おなか減ってるんじゃないですか？　ぼく、思うんですけど、ここの食事って、ぜったい不健康だと思うんです。体だけじゃなくって、心にも。よくありませんよ。だって、すごくみじめな気分になるし」

「みじめ。そのとおりだ。わたしはみじめでうちひしがれている。だが、空腹のせいではない」

「そうかなあ。だって、たとえば、ここにものすごくおいしいミンスパイがあったとしたら、どうします？」

「なぜここにパイが存在するのか、その意味を問うだろう」

「ぼくだったら食べるな。だって、ほんとにお腹ぺこぺこなんだもの。そしたら、少しは気分がよくなるでしょう？　意味を考えるのは、そのあとにします」

ブロックは、ようやくこの初対面の下級生に興味をもったようだった。机の上に片肘《かたひじ》を突いたまま、こちらにむきなおって言う。

「きみが言いたいのはこういうことか？　実践する、しかるのちに考察する、と」

「もちろん」

自信をもってうなずくと、ブロックは考え深げな表情になった。

「ふむ。一考に値するかもしれない」

「そこでです、ぼくは学校改革を提案しますね。それも、食事内容の改善を主に訴えるつもりです。お腹いっぱいのパンと肉のある食事をスローガンに掲げて。だって、ぼくらは育ち盛りなんですよ？　英国の未来を担う若者が虚弱体質になったらどうするんです？これが精神修行だなんて、絶対ナンセンスだ！」

思わず熱くなって拳《こぶし》をふりあげると、ブロックは妙な顔をした。

「少年。論点がずれているような気がするが？」

「大丈夫、ずれちゃいません。つまりですね、あなたは貧弱な食生活の犠牲者なんです。思考がすべて不健康な方向にむかってしまうのは、そのせいなんです。お腹いっぱい食べて満足している間は、だれが死のうなんて考えるものですか。だって、ミンスパイにはほんとに恍惚《こうこつ》とさせられますからね」

言いながら、アイルは本当にうっとりとした顔つきになった。

「わたしはクロテッドクリームとスコーンを支持するな。霊感を得るには最適——」

うっかりひきずられそうになったブロックは、そこで急にわれにかえった。赤くなって叫ぶ。

「——いや、そうじゃなくて、少年！ ここになにをしにきた⁉」

「あ、そうでした。ぼく、あなたのお話をぜひうかがいたくって。つまり、あなたが今おもちのような毒物にたいへん興味があるわけなんです。えーっと、悪魔主義への憧《あこが》れっていうか、んーっと、退廃的な思想への共鳴っていうか」

「ふん。そんなふうには見えんがな」

ブロックは、懐疑の眼差《まなざ》しでアイルをジロジロと見た。いかにも健康優良児といったふうの、薔薇色《ばらいろ》の頬をした美少年である。

しかし、アイルはすましてこたえた。

「外見で人を判断するのはどうかと思いますね。そういう狭量な態度を、ぼくはこの学校のお粗末な食事同様、激しく憎みます。ところで、毒って、そんなにかんたんに手に入るものなんですか？」

「それは、いろいろだな」

「じゃあ、たとえば、えーと……阿片、とか」

さりげなく訊《き》いてみる。

「薬局で買える」

あっさり答えがかえってきたので、アイルはかえって面食らった。

「えっ？」

「阿片チンキなら、二十滴で一ペニーくらいだ」

「そうなんですか？　だって毒でしょ？」

「毒は薬でもあるんだ」

「じゃ、じゃあ、たとえば、えーっと、ぼくがあなたみたいに死にたくなったとして、阿片って、ぼくでも買えますか？」

「薬局で利用目的を告げ、台帳に名前と住所を書けばいい。だが、なにも本当のことを書く必要はない。偽名で十分だ」

「でも、利用目的って──まさか本当のことは言えませんよね？」

「虫歯が痛むとでも言っておけばいいんだ」

「虫歯の治療に命をかけるんですか⁉」

アイルは叫んだ。

「死んだらどうするんです⁉」

だが、ブロックは平然としたものだ。

「一ビン飲み干せば、それはな。数滴なら鎮痛剤だ。常用すれば中毒になる。ところで、少年。あいにく阿片《あへん》は切らしているが、砒素はどうだ？　なんなら、これをわけてやろう」

目の前につきだされて、アイルはギョッとした。

「い、いいえ、遠慮しときます。ぼくまだ死ぬ予定ないんで」

じりじりあとずさりながら言う。

「しかし、魔がさしたときに不自由するだろう？　備えあれば愁いなしだ。砒素が気に入らんなら、トリカブトはどうだ？　少々苦しむかもしれんが、即効性は疑いなしだぞ」

「いえ、それもちょっと……」

「ふむ。では、ドクニンジンなら？　あるいはもっとほかの——」

「あのう、おかげんが悪いみたいなので、また出なおします。失礼しましたっ！」

アイルは顔をひきつらせ、ブロックの部屋からあたふたと逃げだした。

10

ブロックのおかげで得た新しい知識は、残念ながらアイルの役には立ちそうになかった。それほどかんたんに阿片が手に入るのなら、ジョックがどうやって入手したかなんて、詮《せん》索《さく》してもムダなことだ。

「虫歯の痛み止めかあ……」

それにしても、とんでもない皮肉だとアイルは思う。

「この学校のお粗末な食事で、虫歯になる生徒なんかいるわけないじゃない」

ぶつぶつ言いながらブランドン寮を出たとき、時計塔の鐘が鳴った。うっかりしていたが、もうお茶の時間だ。

アイルはあわてて足を速めた。少しでも遅れると、同じく空腹をかかえた生徒たちにおやつを横どりされてしまうから、男子校というのは油断がならない。

借金のとりたてが思わぬところで脱線したが、まあ初日はこんなものだろう。考えながらポケットに手を入れて、ハッとした。

リストのメモがない！

アイルは立ち止まり、ポケットというポケットをひっかきまわした。だが、見つからない。どこかに落としてしまったのだ。

アイルは、たちまち青くなった。

こんなドジをやらかしてしまっては、またデレクにどんな嫌みを言われるかわからない。それでなくても、自分にたいする彼の評価の不当な低さには、腹立たしい思いをさせられているというのに。

アイルは一生懸命に記憶をたどった。最後にリストを見たのはいつだっけ？　あれは——そう、ハーマンに貸付額を告げるとき。ということは、落としたのはマーガリー寮だ！

ええい、しかたがない。アイルは、さっときびすをかえした。おやつにも未練は残るが、この仕事には女の意地がかかっているのだ。

ハーマンと別れた裏庭にもどってきたとき、あたりに人影はなかった。当たり前だ。どの寮でも、今ごろはみんなホールに集まって、ささやかだが貴重なお茶の時間を楽しんでいるはずなのだから。

メニューはなにかしら？　きゅうりのサンドウィッチ？　バター付きパン？

想像しただけで、お腹がきゅるるる……と鳴った。

「ああ、もう！　そんなことより、メモよ、メモ！」

四つん這《ば》いになって茂みの中をさがすと、やがて落とし物は見つかった。

「あった！」

手をのばして確認し、ホッとしながら立ち上がったとき——ふと、近くにある窓に目がとまった。今はだれもいないはずの寮の勉強部屋で、人影が動いたのが見えたからだ。

アイルはすぐに、それがスモーカーことギルバート・スタンレーだと気づいた。温室でスモーカーに会ったときの強烈な印象は、いまだにアイルの中に残っている。

それにしても、様子が妙だった。スモーカーはひどく焦っているような性急なしぐさで、なにかをさがしていた。戸棚の中をのぞき、机の引き出しに手をつっこみ——

けげんに思って見ていると、スモーカーはいきなりこちらをふりかえった。目があったとたん、アイルはさっと視線をそらした。だが、遅かった。スモーカーは大股《おおまた》で近づいてきて、勢いよく窓をあけた。

「きさま！　そこでなにをこそこそしてやがる!?」

「こそこそなんて、そんな——ぼくはただ、落と、落とし物を——」

うろたえて言い訳しようとしたとき、スモーカーはビクッと背後をふりかえった。アイルもつられてハッとした。そして次の瞬間、スモーカーはすばやい身ごなしで窓敷居を飛びこえ、こちら側に降り立った。

「なっ、なに——」

「シッ！　黙れ！」

スモーカーは急いで窓を閉めると、アイルの頭をつかんで地面におさえつけ、自分もいっしょに身を伏せた。

「静かにしてろ！　騒ぐとぶん殴るぞ！」

アイルはおとなしくしたがった。頭をつかまれて身動きできないから、そうせざるをえなかったのだ。しかし、いったいなにが起こっているのか、さっぱりわからなかった。

ややあって、スモーカーはゆっくりと身を起こし、たった今まで自分がいた部屋の中をのぞきこんだ。そこでアイルも、恐る恐る彼にならった。

今、窓ガラスのむこうには、ヘフティことハロルド・チェスニーの背中があった。そう、たしかに彼だ。あんなに大きくて太った生徒は、ほかにはいない。

ヘフティはまったくこちらに気づかず、戸棚の缶詰をいくつかとりだすと、鼻歌をうたいながら部屋から出ていった。

「くそ。脅かしやがって」

スモーカーが隣で小さく毒づいた。

「美食大王さまの部屋なんですか？」

アイルが訊くと、スモーカーは妙な顔をしてふりかえった。

「だれだって？」

「あ、いえ。つまりあのう、他称ヘフティさんのことです」

話しながらアイルは、マーガリー寮の構造を頭に思いうかべた。いつかのぞこうとして失敗したヘフティの部屋は、廊下のいちばん奥の左側だった。外から見た場合には、南側の端になる。つまり、ここだ。

「でも、ヘンですよね。あなたと彼は、もう同部屋じゃないはずです」

スモーカーの目が、警告を発するように細められた。

「きさま――なにをさぐってやがる？」

「ぼくはなにもしてませんよ。なにかしてたのは、あなたのほうでは？」

「オレはやましいことをしてるわけじゃない」

だが、アイルにはぜんぜん信じられなかった。

「へえー」

「いいか？　このことをヘフティにバラしやがったら、痛い目にあうくらいじゃすまないぞ」

「矛盾してません？　やましくないなら、べつにバレてもかまわないと思いますけど」

するとスモーカーの顔に怒りがうかび、たちまちアイルの心臓は縮みあがった。前にこの男の前で失言したとき、どんな目にあったか思い出したのだ。

「いえ！　もちろん、あのう、は、話によっては、黙っててもいいです。ぼくは非暴力主義者ですから。ええ」

アイルは、ころりと態度をかえて言った。だが、スモーカーがつかみかかってくることはなかった。彼はふたたび窓をあけて中にもどると、「来い」と横柄に指図をした。

「でも――」

「証拠を見せてやるから来いってんだ」

アイルはしかたなく、スモーカーにつづいて窓敷居をまたいだ。これでわたしも不法侵入で同罪だわ、と思いながら。

スモーカーはむっつりとした顔つきでヘフティの机の引き出しをかきまわし、中から懐中時計をつかみだした。

「これだよ」

アイルに見せて言う。だが、なんのことかわからない。

「それが？」

「コリンズが盗まれた時計だ」

アイルはぽかんと口をあけ、そして、盗品だと言われたそれを、まじまじと見つめた。

「ええ？　それが、どうしてここに？」

「オレが知るか」

「でも──あっ！」

「なんだ？」

「そういえば、このごろ、盗難の被害者のところに品物がもどってきてるって」

小声で言うと、スモーカーは意外そうな顔をした。

「なんだ、おまえも知ってるのか。だれから聞いた？」

「えっ？　それは──あのう──」

アイルは言いよどんだ。あれほど怯《おび》えているハーマンの名をだすのは、さすがに悪いような気がした。

「そういうあなたは、どうして知ってるんです？」

「オレの同部屋のヤツも、盗まれた指輪がかえってきたんだ」

自分の頭の鈍さに、アイルは舌打ちしたくなった。どうしてすぐに気づかなかったのだろう？　スモーカーが言っているのは、ハーマンのことに決まっている。ハーマンはヘフティと部屋をかわったのだから、今はスモーカーと同部屋なのだ。なるほど、だとしたら、スモーカーにだけは打ち明けていたとしても、不思議はない。

「でも、コリンズ先生の時計をヘフティがもってるってことは、どうしてわかったんですか？」

「時計はたまたま見つけただけだ。オレがさがしているのは、べつのものだ」

スモーカーは、注意深く懐中時計をもとの場所にもどしながら言った。

「べつのものって？」

「阿片《あへん》チンキだよ」

話の飛躍に、アイルはついていけなかった。

「は？」

「おまえ、前にダルトンのこと話してたよな。どうせ、いろいろ聞いてんだろ？　あることないこと、無責任な噂をよ」

「ええっと、まあ……」

アイルは用心深く言葉をにごした。

「ダルトンは阿片チンキをあおって死んだことになってる」

「らしいですね」

「どうやって入手したと思う？」

「……さあ」

「オレは以前、ヘフティと同部屋だった。そのとき、ヤツが阿片チンキのビンをもってるのを、たしかに見たことがあるんだ」

アイルは眉《まゆ》をひそめた。

「どうして、彼がそんなものを？」

「虫歯の痛み止めだよ。あいつが毎日、馬鹿みたいに食ってるのを知らないのか？」

「あー、なるほど」

即座に合点した。この学校で虫歯になれるような幸福な男なんて、たしかに美食大王さまくらいのものだ。

「前から気になってたんだ。ダルトンが、あんな馬鹿げたことをやらかすわけはないからな」

「それってまるで、彼が毒殺されたって言ってるみた――」

そのときようやく、アイルはスモーカーがほのめかしていることに気づいた。とたんに、ゾッと鳥肌がたつ。

「じゃあ、あなたはヘフティが七人委員会のメンバーだっていうんですか？」

「そいつは、オレが聞きたいね」

「仮にそうだとしても、どうしてあなたがこんなことを？　これがバレたら、あなただって、ただじゃすまないでしょ」

「ダルトンは友達だった。当たり前だろ」

スモーカーはぷいと顔をそむけて言った。ぶっきらぼうな意思表示だが、アイルはその一本気な友情の表現に感動してしまった。

「あなたの気持ち、よくわかります」

スモーカーは、どうだかな、と言いたげに肩をすくめた。

結局、ヘフティの部屋で阿片チンキのビンを見つけることはできなかった。それはつまり、疑惑がますます深まったということだ。スモーカーはアイルをうながして廊下に出ると、脅しつけるように低い声で言った。

「いいか？　このことを人にしゃべりやがったら――」

アイルはあわてて首を横にふった。

「しゃべりません！　ぜったい、だれにも言いません」

むしろ、こうしてスモーカーが話してくれたのだから、こちらの事情も打ち明けるべきではないかとアイルは迷っていた。彼なら信用できる。きっと、協力しあえるはずだ。そう、ウィルやデレクなんかよりもずっと――

そのときだ。近づいてくる足音が聞こえ、スモーカーは黙ってアイルのそばから離れた。やがて廊下の角を曲がってあらわれたのは、マーガリー寮の舎監教師コリンズだった。

「ああ、ダルトン君」

コリンズはアイルに気づくと、にこやかに手をあげて言った。

「ちょうどよかった、手間がはぶけたな。きみ宛《あて》の手紙が、まちがってこっちにきていてね。今、だれかにスクール寮まで届けさせようと思っていたところだったんだ」

そう言って、コリンズはアイルに一通の手紙を手わたした。差出人は、イニシャルだけでE・Dと書かれている。エリックからの返事だ、とアイルにはすぐにわかった。

スクール寮の自分の部屋にもどると、アイルはさっそく手紙を開封した。丁寧に折りたたまれた用箋《ようせん》には、生真面目そうな硬い文字で、〝エリック・コールフィールド様〟とあった。万一、だれかに見られたときのことを考えて、エリックも用心したのだろう。書き出しはこうだ。

あなたがシルバートン校に転入なさったこと、執事のディクスンさんから聞きました。ぼくのせいでみなさんにご迷惑をおかけしていることを心苦しく思います。できれば今すぐ屋敷にもどって……

「ディクスンが書かせたわね」

アイルは鋭く見ぬき、ふんと鼻を鳴らした。そして、「馬鹿なことはやめて帰って来い」という趣旨の前置きをまとめて読みとばした。

ですが、あなたのご性格では、どう説得してもムダだろうとも、ディクスンさんはおっしゃっています。

「わかってるんじゃない」

アイルはぶつぶつ言いながら、さらに先に目をやった。

ぼくはあなたのご厚意に報いるためにも、すべてを包みかくさずお話しする決心をしました。

夏季休暇中、兄の身になにか変わったことがなかったか、そして、近ごろD家の親族で亡くなった者はいないかというお訊《たず》ねですが、どちらにも心当たりはありません。ただ、もしもそのことが重要だとお考えなら正直におこたえしますが、兄の血縁に関することは、ぼくにはわからないんです。

実は、兄は養子なのです。D家にひきとられたのは彼が八歳のときで、ぼくも六歳になっていましたから、わずかに記憶があります。そのため、両親はぼくらに真実をかくしませんでした。

九年前のある夜のことです。ロンドンにある父の知人宅に、二人組の強盗が押し入りました。たまたまその場にいあわせていた父は猟銃で一人を射殺し、もう一人には手傷を負わせました。生き残った強盗の片割れが、兄の本当の父親なのです。

父親が逮捕されたあと、兄は救貧院に入れられました。母親がすでに亡くなっていたためです。ぼくの父はそれを知り、悩んだ末に兄をひきとったのです。わが身を守るためとはいえ、一人の人間の命を奪ったこと、そして一人の孤児を生みだしたことに、深い悔恨と責任を感じたのだといいます。

兄の父親はニューゲート監獄に送られましたが、やがて仲間といっしょに脱獄し、行方をくらませてしまったそうです。

ぼくはできれば、このことはだれにも話したくなかった。兄自身も、世間に知られることをひどく恐れていました。父親が犯罪者だとわかれば、だれもが兄を偏見の目で見るにちがいないし、せっかく開けた将来までもが閉ざされてしまうからです。

ぼくは今も恐れています。兄の生い立ちを知ったあなたが、彼にたいして誤った印象をいだいてしまうのではないかと。実の父親の悪い血が兄にも流れていると、あなたに思われることがなによりつらい。

ですが、兄は誠実な人間でした。そして、何事にも努力を惜しまなかった。

あなたに想像できるでしょうか？　八歳までロンドンの貧民街で育ち、ろくに字も読めず言葉も知らなかった子供が、その後、どれだけの努力を重ねてここまで来たかを。あなたもごぞんじのように、検定試験で合格点をとり、シルバートンのような名門校に入学するのは、並大抵のことではできません。そうして自分の力で這《は》いあがった兄が、つまらない盗みなどで人生をだいなしにするはずがないんです。ましてや、自ら命を絶つなんて。

あなたにだけは信じてほしい。ぼくは彼を実の兄以上に慕い、尊敬していました。彼がそれに値する人間だったからです。

あなたには屋敷にもどっていただきたいとは思うけれど、兄のことを誤解されたくない、真実を解き明かしてほしいという希望も、正直なところ今も捨てきれずにもっています。

この手紙を読んであなたがどうされるか、それはご自身の判断にゆだねます。ただ、くれぐれも気をつけて。どうか神さまがあなたをお守りくださいますように。

E・D

読み終えたあと、アイルは静かな衝撃をうけていた。

ジョックの秘密は、彼を破滅させてしまいかねないほど重いものだったのだ。そして、それを率直に打ち明け、自分への信頼を示してくれたエリックに、アイルは感謝したい気持ちになった。

＊

ホールでのお茶のあと、ヘフティは鼻歌をうたいながら自分の勉強部屋にもどってきた。

そして、いつものように扉をあけて中に入ったが、なぜかそこで、ふと足をとめた。

彼はその場に立ち止まったまま、目に見えないなにかを探しているような表情で、ゆっくりとあたりを見まわした。

部屋には、だれもいなかった。先刻、彼が出て行ったときのままだ。

だが、彼は思案げに眉根《まゆね》をよせた。そしてふたたび歩きだすと、注意深く戸棚の中を調べ、机の引き出しをあけた。とたんに、彼は自分のカンがまちがっていなかったことを知った。引き出しの中のものが、わずかに位置をかえていたのだ。

「ふん」

彼はたれさがった瞼《まぶた》の下から、キラリと薄青い目を光らせた。

「ネズミが入りこんだな」

11

アイルはその夜、ふたたびマーガリー寮の舎監教師コリンズを訪ねた。他寮に移ったアイルは、もはやコリンズが面倒を見るべき生徒ではなくなっているが、それでも嫌な顔一つせずに迎えてくれた。

「きみか、エリック。どうした？　今日の手紙に、なにかあったのかい？」

コリンズは、さすがに察しがよかった。しかし、本当のことを話すわけにはいかない。

「いいえ。両親がぼくのことを心配して……それだけです」

「そうだろうな」

コリンズは同情深げにうなずいた。彼もまた、エリックが早くあきらめて、ポーツマスの両親のもとに帰るべきだと思っているのだろう。

「ところで、あのう。先生は、タイムズ紙をとっていらっしゃいますか？　以前の分があれば、見せていただきたいんですけど」

「うん？　そうだな、ここ三ケ月分くらいはとってあるはずだが」

アイルはホッとした。

「それでけっこうです」

「では入りたまえ。しかし、どうした？　まるでジョックみたいなことを言いだすんだな」

「兄も先生のところに新聞を読みに来てたんですよね」

「毎日ね。兄弟というのは似るのかな。きみも弁護士になりたいのかい？」

「いえ、ぼくは――」

言いかけて、アイルはふいに切なくなった。

わたしは、なんになれるだろう？　エリック・コールフィールドではない、女としてのわたしの人生に、どんな可能性を見つけられるだろうか。

「……ぼく、まだ決めてません」

「そうか」

通されたのは、書斎だった。コリンズは几帳面《きちようめん》な性格らしく、蔵書は整然と棚にならんでいたし、新聞も日付順に保存されていた。

「好きに見ていていいよ。今、妻にお茶を淹《い》れさせよう」

「いえ、おかまいなく」

コリンズが気をきかせて席をはずすと、アイルは逸《はや》る気持ちを抑えながら、新聞の束をめくっていった。

あの記事を見たのは、いつだった？　たしか——九月の半ばごろだったと思う。例によってレスウェイルズ女学院の寄宿舎をぬけだし、女権拡張運動の集会所に行ったときのことだ。彼女はそこで、たまたまテーブルの上に置かれていたタイムズ紙に目をとめたのだった。

「……あった。これだわ」

それは九月十四日付けの社会面に掲載されていた。〝むこうみずのザックス〟と呼ばれる悪名高い犯罪者——ザックス・スプーナーがロンドンで見つかり、警官に射殺されたという記事だ。


十二日未明、密告者の通報により、セント・ジャイルズに潜伏中のザックス・スプーナーを巡査が発見。ただちにとりおさえようとしたものの、スプーナーが発砲して逃走を企てたため、やむなく射殺した。スプーナーは九年前、ロンドンで夜盗を働き、中央刑事裁判所において流刑七年の判決を受けたが、他の囚人二人とともに看守一人を殺害してニューゲートから脱獄。その後、行方をくらませていた。

扉がひらいて、ふたたびコリンズが入ってきた。

「なにか興味深い記事でもあったかね？」

アイルは、読んでいた新聞をさっともとにもどした。

「兄のジョックが先生のところにうかがわなくなったのは、いつからですか？」

だしぬけに質問すると、コリンズは当惑げにアイルを見た。

「え？　あれは……そうだなあ……」

「九月の半ばごろじゃないですか？」

「うん。そう言われれば、まあ、そうだったかな」

「そのころから、ジョックは様子がおかしかったんでしょうか？」

「注意力が散漫になっていると思ったのはそれ以前からだが、しかし、はっきりどうこうということはなかった。彼が荒れだしたのは、わたしのところに来なくなってからだ」

——ロンドンに来いとかなんとか、そんなふうなことで言い争ってたな。ダルトンがつっぱねたら、親父を見捨てるのかって、叫んでた。あいつ、真っ青になっちまって。あわれなヤツ。

オーエンの言葉がアイルの耳によみがえった。

ザックス・スプーナーがジョックの実の父親だと仮定すると、符合する事実がいくつかうかびあがる。

――娼婦《しょうふ》だよ、ロンドンの。

エリート校にはふさわしくない、ジョックの面会人。きっと、その女性が知らせたのだ。実の父親がロンドンにいると。

ジョックは、父親の逃亡を助けるために金をつくる必要があったのだろうか？　だとすると、ダルトン家の両親がなにも相談されなかったというのはわかる。真面目だったというジョックの性格からして、恩人に迷惑をかけることなどできなかったはずだ。となれば、一人で金を工面するしかない。それで、盗みをやった動機に説明はつく。コリンズに事情を話せなかったのもわかる。

一方で、ジョックは毎日、ここに新聞を読みにきていた。おそらくそれは、父親の無事を確認するためだ。警察に捕まれば記事になる。それがなければ、うまく逃げおおせているということ。だが――やがてジョックは、ついに父親が警官に射殺されたことを知った。ジョックがコリンズのところに姿を見せなくなったのは、その必要がなくなったからだ。かわりにジョックは、礼拝堂で祈った。イライアス・コノリーが言った、死んだ肉親というのは、実の父親のことだったのだ。

そしてどうやら、エリックと両親は、まだスプーナーの最期を知らないでいるらしい。それは無理もない。彼らが住んでいるのはポーツマスだ。ロンドンの片隅で起きた事件など、それほど人々の話題にはのぼらないだろう。

アイルは立ち上がり、コリンズに礼を言った。

「こんな時間に、とつぜんおじゃましてすみません。ほかにご用がおありだったんじゃないですか?」

自分がジョックの弟だから、無理をきいてくれているのだということはわかっていた。

「いや、それはいいんだが――」

コリンズは、どこか悲しそうに微笑んだ。

「礼儀正しい子だね、きみは。そんなところも、お兄さんによく似ているな」

そしてコリンズは、片手でふところの鎖をたぐった。そのとき、アイルの目は、教師のポケットからとりだされた懐中時計にすいよせられた。

「その時計――」

スモーカーがヘフティの部屋で見つけた時計だった。文字盤に描かれた、あの精緻《せいち》な風景画は――まちがいない、同じ品だ。

「え? ああ」

コリンズはわずかにためらったあと、吐息をついて言った。

「──まあ、きみなら話してもかまわないか。実は、もどってきたんだよ」

「えっ？」

「ジョックの勉強部屋に質札の控えが落ちているのを、チェスニーが見つけてね。危うく流れるところだったのを、質屋からうけだしてきてくれたんだ」

「美食大──いえ、チェスニーさんが直接、先生に時計を届けたんですか？」

アイルは疑わしげに言った。

「ああ。彼には面倒をかけたが、おかげで、こうしてもどってきた」

どういうことなんだろう？　アイルは考えこんだ。

ヘフティは七人委員会のメンバーじゃないの？　ハーマンの指輪を返すときには、口止めのメモがついていた。なのに、今回は──

「どうしたんだね？　エリック」

アイルは、ハッとわれにかえった。

「あっ、いえ。ぼく、兄の代わりに弁償します」

「きみがそんなことを気にする必要はないんだ。もうご両親が十分に償ってくださった。それより、きみ自身はどうだね？　気持ちの整理はついたかな？」

「あの……」

「酷かもしれないが、過去のことはもう忘れたほうがいい。ジョックは帰ってこないんだ。

「きみはきみで前に進まなければ」

前には進んでいるわ。コリンズのもとを辞去した帰り、アイルは思った。例のいかれた七人委員会は、確実にジョックの事件にからんでいる。

なんのつもりよ？　人一人殺しといて、正義の味方きどりなの？

学内の浄化。学校の名誉を汚す者は排除する。

馬鹿みたい。ジョックが生きていたら、彼こそシルバートンの誇りになったかもしれないのに。たった一度や二度の過ちが、なんだっていうのよ？

安っぽい正義をふりかざす馬鹿な連中に腹が立った。

それとも、彼らはジョックの生い立ちを嗅《か》ぎつけたのだろうか？　本当の理由はそれ？

脱獄囚の息子がシルバートン校に在籍しているとわかれば、それは確かにスキャンダルになり得る。なぜならここは、将来のエリートを育成する場なのだから。政治の中枢にも軍部のトップにも、あらゆる社会の上層に卒業生はいる。ここで得たコネクションは、彼らの人生の宝なのだ。

あんな事件がなければ、ジョックが――脱獄囚の息子が首相になることだって、理屈からいえば、不可能ではなかった。だから――彼の生い立ちが明るみにでる前に、殺した？ともかく、ヘフティがメンバーだとすると、彼らは思っていたよりも巧妙だ。相手が生徒なら七人委員会の名で脅せるが、教師となるとそうはいかない。だから彼らは、コリンズを納得させるために、質札云々《うんぬん》の話をでっちあげたのだろう。それに、事件後、ヘフティがジョックの勉強部屋に移ったのだって、今となっては、ただの偶然とは思えなかった。むしろ、なにかしらの意図があったと考えるのが自然だろう。それがなんなのかはわからないけれど。

スクール寮にもどってくると、アイルは玄関の前でウィスラー校長に出くわした。

「どうしたんだね？　こんな遅くに」

消灯の時間が迫っていたから、それは当然の質問だった。

「コリンズ先生に用があったんです」

アイルは正直にこたえた。エリック・コールフィールドがジョック・ダルトンの弟だということは、校長も了解していると聞いていたからだ。案の定、マーガリー寮の舎監教師の名は免罪符となった。校長はわかったというように一つうなずき、そして唐突に話題をかえた。

「きみは、なかなかよくやっているようだね」

「はい。――えっ？」

「各教科の教官から、きみは優秀な生徒だと聞いている。正直――いや」

校長はなにか口にしかけて、言いなおした。

「きみがここにいるのは、ミケルマス学期の間だけという約束だった」

「はい」

「しかし、どうかな？　本格的に転入の手続きをとっては。きみの成績には文句のつけようがないし、ご両親の心配されていた健康面でも、それほど困った問題は起きていないようだ。来学期もここに残って、勉強をつづけるつもりはないかね？」

アイルは思わず、飛びあがりそうになった。

「本当ですか!?」

校長は、にっこり微笑んだ。

「ご両親と、よく相談してみなさい」

「ありがとうございます！」

アイルは校長と別れると、うきうきして歩きだした。

心の中は得意な気持ちでいっぱいだった。認められた！　認められたわ！　とうとう校長先生に認められたのよ！　誇らかに叫ぶ。

ええ、そうですとも。わたしにはやれると思ってた。絶対に信じてたわ！

ああ。こんなにも素晴らしいことを、だれにも話せないなんて。アイルは残念でならなかった。トビーは事情を知らないし、ウィルに話せば、どうせまた、しかめっ面で水をさしてくるに決まっている。

それはもちろん、アイルにだってよくわかっていた。自分には、校長の申し出をうける資格がないということは。それでも――今はただ、この達成感を噛《か》みしめていたかった。

自分の勉強部屋にもどってきたとき、トビーは机の上に突っ伏して居眠りをしていた。アイルは口もとをほころばせた。トビーの屈託のない寝顔を見ていると、世の中にはなんの問題もないような気になってくる。

トビーを起こさないよう、アイルは静かに自分の椅子をひいた。と、そのときだ。棚に立てていた自分の本が、机の上にぽんと置かれているのに気づいた。変だと思いながら手にとると、覚えのない紙片が一枚、中に挟まれていた。

アイルはいぶかりながら、それをひきぬいた。


よけいな好奇心は身を滅ぼすと知れ――〈七人委員会〉

＊

「コールフィールド。なにかあったのかい？」

放課後、アイルといっしょに校舎を出たトビーは、心配そうに声をかけてきた。

「なにかって、なにが？」

アイルは訊《き》きかえした。

「朝からずっと、ぼーっとしてておかしいだろ。得意の歴史なのに、ベンドリクス先生に指されたとき答えられなかったし、教科書を逆さまにひらいたまま授業をうけたりさ」

「そうだっけ？　でも、なんでもないよ」

こたえて、アイルは大きなあくびをしてみせた。

「ちょっと寝不足なだけ。昨日、よく眠れなかったから」

「それならいいけど。ところで、なんで手ぶらなのさ？」

言われてアイルは自分の両手を見、教室に教科書と筆記具をまるごと置き忘れてきたことに気づいた。

「忘れてきちゃった。ごめん、バロウズ。先に帰ってて」

あたふたとひきかえす背中を見送って、トビーは不可解そうに首をかしげた。

「……やっぱりヘンだよ。コールフィールド」

校舎には、もう生徒はだれも残っていなかった。アイルはがらんとした教室に飛びこみ、机の上に自分の忘れ物を見つけた。

「ほんとにもう。馬鹿みたい」

不機嫌そうにつぶやく。

いつまでも動揺している自分に腹が立った。こんなに弱虫じゃなかったはずなのに。

昨夜、アイルは自分の目を疑い、紙片に書かれたたった一行の文句を何度も何度も読みかえした。だが、ほかにどう解釈しようもない。それは七人委員会からの脅しだった。

いったいどうして、彼らに自分のことがわかったのだろう？

いや、それはたいして不思議なことではない。アイルはこれまで、複数の生徒にダルトンの話題をもちかけたし、ときには七人委員会の名さえ口にしたからだ。おそらく、彼女の行動に気づいたメンバーのだれかが勉強部屋に忍びこみ、あのメッセージを残していったのだろう。

あいにく、そのだれかは、ほかの生徒に姿を見られるようなヘマはしていなかった。トビーも、なにも気づかなかったという。

今まで具体的に考えたことはなかったが、〝謎の七人委員会〟がその名のとおり七人で構成されているのなら、メンバーはスクール寮にだっているかもしれない。敵は、思ってもみなかったほど近くで自分を監視しているかもしれないのだ。その可能性に気づいて、アイルはゾッとせずにはいられなかった。

深刻な顔で教科書を手にとったとき、アイルはふと、背中に視線を感じた。思わずふりかえったが、そこにはだれもいなかった。

しかし、アイルはなぜか、見られている、という感覚がぬけなかった。そこで、今度は戸口まで歩いていって、廊下に顔をだした。やはり、人の姿は見あたらない。

気のせい？

アイルは、大きく深呼吸をした。あの脅迫のせいで、神経が過敏になってるんだわ。これまでの自分の行動が軽はずみだったことは否定できない。だが、脅されたからといって、七人委員会への追及をやめるつもりはなかった。むしろ、あのメッセージは、委員会がジョックの死にかかわっていると、当人たちが自らすすんで認めたようなものだった。きっと、真実はもうすぐそこにある。自分に見つけてもらうのを待っている。そう考えて、アイルは勇気を奮いおこした。

そのまま教室を出て歩きだしたとき、今度は背後で、ミシリと床のきしむ音がした。

アイルは立ち止まった。

うなじの毛が逆立ち、鼓動が速まる。

アイルはゆっくりとふりかえり、ふたたび、そこにだれもいないのを確認した。

にもかかわらず、緊張はなお高まり、静寂が重くのしかかってきた。

アイルはやおらきびすをかえし、早足で校舎の奥にむかった。と、そのとき、視界の隅で人影が動いた。反射的に首をめぐらすと、影はさっと階段の踊り場にむかって消えた。

たちまち、疑惑が確信にかわった。アイルはただちに尾行者のあとを追い、猛然と駆けだした。だが、階段をのぼって二階に行き着いたところで、獲物の姿を見失った。

どこに消えたのだろう？

今度は一つ一つ教室の扉をあけ、中をのぞいてみる。いない。

アイルは用心深くあたりに目をくばりながら、ゆっくりと歩を進めていった。そして、廊下のつきあたりまできて、また足をとめた。

裏階段の扉がひらいている。

逃げたのかしら？　身をのりだして下をのぞいたとたん、いきなり後ろから突き飛ばされた。

アイルは悲鳴をあげ、真っ逆さまに階段から転がり落ちた。そして次に気がついたときには、背中を丸めて地面に横たわっていた。頭を打ったのか、視界がかすむ。アイルの目は中空をさまよい、やがて、ついさっきまで自分がいた階段の上でとまった。

遠ざかる意識の中で、アイルはようやく犯人の正体を知った。だが、信じられなかった。そこにはイライアス・コノリーが立ち、青白い顔で彼女を見下ろしていたのだ。

＊

アイルは、医務室のベッドで目を覚ました。そばでだれかの声が聞こえていて、軽い脳震盪《しんとう》だとか、じきに目が覚めるとか、そんな言葉がぼんやりと耳に入ってきた。自分のことを話しているのだと気づいたのは、しばらくして、記憶がよみがえってからだ。

アイルは、肘《ひじ》をついてゆっくりと身を起こした。腰と脛《すね》が少し痛むが、これは階段から落ちたときに打ったのだろう。たいしたことはないようだ。

「コールフィールド？」

アイルが起きたのに気づいて、トビーがベッドのそばに近づいてきた。

「大丈夫かい？　気分はどう？」

「うん。なんともない。平気」

それを証明して見せるように、アイルは腕をぐるぐるまわし、元気な声でこたえた。しかし、トビーは疑わしげだ。

「ほんとに？　吐き気はしない？」

「大丈夫だって。頭はハッキリしてるし、どこもなんともないよ」

「それはなによりだ」

冷ややかな声が聞こえて、トビーの後ろからウィルとデレクが顔をだした。アイルは思わず、ゲッとつぶやいた。

「さて、説明してもらおうか」

ウィルは険しい顔で言った。すでに怪我人を気遣う見舞い客という雰囲気ではない。アイルは、自分が元気だと早々に証明してしまったことを後悔した。だが、

「説明って、なにを？」

とりあえずは、しらばっくれることにする。

「なにがどうなっているのかをだ。とくに――これについて訊きたいね」

そう言ってウィルがつきつけてきたのは、七人委員会からうけた脅迫のメモだった。

「それ――」

するととトビーが申し訳なさそうに言った。

「きみが落としていったのを、拾ったんだ。悪いとは思ったけど、だまってられなくて——」

「だったら、それこそ説明なんかいらないだろ」

アイルはひらきなおり、ぶっきらぼうに言った。

「それが証拠だよ。〝謎の七人委員会〟は存在するんだ。ハロルド・チェスニーとイライアス・コノリーがそのメンバーさ」

そしてアイルは、これまでに知ったことをすべて彼らにぶちまけた。ハーマンの指輪とコリンズの時計がもどってきたこと、それにヘフティが一枚かんでいるらしいこと、彼がかつて阿片《あへん》チンキを所持していたこと、そして——ついに彼女も脅迫され、それが実行に移されたことを。

「ぼくを階段からつきおとしたのは、コノリーなんだ」

「まさか——」

ウィルがつぶやくと、デレクも疑わしげに言った。

「あいつはしかし、牧師志望だろ?」

腹立たしいことに、二人ともまったくアイルの言葉を信じようとしなかった。

「そんなの、関係あるもんか。ぼくはちゃんとこの目で見たんだ。だからそれが真実だ」

するとウィルは、氷のように冷たく微笑んだ。

「なるほどね。ぼくが知らない間に、きみはずいぶんと危険なところにまで足をふみいれていたわけだ」

「やっとわかったみたいだね」

「ようくわかったとも、コールフィールド。きみをこのままここにおいておくわけにはいかないということもわかったよ」

アイルはギョッとした。

「ウィル！」

だが、すでにいとこは決然とした顔つきになっていた。

「屋敷に帰るんだ。校長にはぼくから話をつけるし、早々にディクスンに連絡をやって、きみを迎えに来てもらう」

「そんな勝手なことってあるもんか！」

「きみが従えないというのなら、きみの父上に報告させてもらうだけだ」

アイルの顔から、血の気がひいた。ウィルは、アイルのいちばん痛いところをついたのだ。

「ウィル！　待って！」

アイルは焦ってベッドの上掛けをはね飛ばした。だが、

「この件については、ぼくはもう聞く耳をもたないよ」

ウィルはそっけなく言って背中をむけた。

「そういうことだ、お姫さま」

なんの同情もうかがえない声で、デレクも言った。

「ま、このへんが潮時だろうな」

12

最悪の結末だ。

「ごめんよ、コールフィールド」

ウィルとデレクが医務室から出ていったあと、呆然《ぼうぜん》とするアイルに、トビーが言った。

「なんだかよくわからないけど、ぼく、悪いことしちゃったみたいだな」

「きみのせいじゃない。ウィルが石頭すぎるんだ」

いくらか衝撃がおさまると、今度は猛烈に腹が立ってきた。

いくらいとこでも、ウィルに自分のジャマをする権利なんかない。しかもウィルは、アイルの最大の弱点――ジェフリー卿《きょう》のことまでもちだして、彼女を脅したのだ。ほかのことならともかく、これぱかりは絶対に許せなかった。

「だけど、きみ、いったいなにやってるのさ？　七人委員会に目をつけられるなんて、ただ事じゃないよ。カートライトが心配するのも無理はないと思うけどな」

アイルは、今こそ自分がここに来た目的を打ち明けるときだと思った。いや、そもそも隠す必要などなかったのだ。トビーは信頼できる人間で、親友だ。たとえ彼が自分の本当の正体を知らないとしても、親友だった。

「実はぼく、ジョック・ダルトンの弟なんだ」

唐突に告げると、トビーはきょとんとして、目をしばたたいた。

「——は？」

「ぼくはコールフィールドなんかじゃない。本当の名前はエリック・ダルトン。マーガリー寮にいたジョックの弟なんだよ」

トビーは、アイルをまじまじと見つめかえした。その表情はひどく困惑していた。

「どうして？　どうしてきみが——いや、えっと、つまり——じゃあどうして、コールフィールドなんて嘘を——」

「面白半分に詮索《せんさく》されたくなかったから。きみにって意味じゃないよ。わかってほしいんだけど、みんなから下手に注目されると、目的の妨げになると思ったんだ」

「目的って？」

そこでアイルは、自分がジョックの死に疑惑をもっていること、真実をつきとめるために、ジェフリー卿の口添えでここに来たことを説明した。

トビーは理解してくれた。

「きみの気持ちは、よくわかるよ」

神妙な面持ちで、何度もうなずきながら言う。

「だれだってそうだと思うな。きみの立場なら、同じように行動するさ。ぼくにも兄が二人いるし。だからわかる」

期待どおりの反応に、アイルはホッとした。

「ありがとう」

「でも、だとすると、カートライトはきみの親戚《しんせき》ってわけじゃないんだね。まあ、ジェフリー卿は彼のおじさんだもの、きみの安全に責任を感じてても不思議はないけど」

トビーもまた、コリンズと同じように解釈してくれた。そしてアイルは、今度もその誤解を正さなかった。良心がちくりと痛んだが、すべてを話してしまうわけにはいかない。

「言わせてもらえば、そんなのよけいなお世話だよ。だいたい、ウィルもマーストンも、最初からぜんぜん当てにならなかったんだ。ことあるごとにぼくを厄介者あつかいして、口をひらけば帰れ帰れってそればっかり――」

思い出すと、またぼやきが口をついてでる。

「それで、これからどうするの？　カートライトの言うとおり、あきらめるのかい？」

「まさか！　冗談じゃないよ。ぼくは本当に、あと一歩ってところまできてるんだ」

七人委員会のメンバーは二人までわかっている。あと五人――どうにかして全員の正体をつかむことができれば、この戦いはぐっと有利にかたむくはずだ。

「でも、カートライトは、一度言ったことは本気で実行すると思うな」

それは、アイルにもよくわかっていた。ウィルはすぐにでもウィスラー校長に話をもっていくだろうし、そうなれば、これまでの苦労はすべて水の泡になってしまう。

残された時間は、あとどのくらいだろう？　せめて、校長を説得できるだけの証拠があれば――

「こうなったら、勝負を急がないと」

「どうやって？」

さて、それが問題だった。

＊

しばらくして医務室から解放されると、アイルはその足で礼拝堂にむかった。本当なら、今ごろは寮の勉強部屋で机にむかっている時間だが、そんなことはもうどうでもよかった。

明日にも追い出されるかもしれないというこの瀬戸際に、ギリシャ語の小テストのことなんて心配したってしょうがない。それよりも今は、一人になってゆっくり考えたかった。

思ったとおり、礼拝堂は無人だった。アイルは通路脇の席に腰をおろし、ぼんやりと祭壇を見やった。

ジョックは一時期、ここに来て父親の冥福《めいふく》を祈っていた。そしてコノリーと知り合い、肉親が亡くなったと打ち明けた。もしかすると――アイルの頭に、また新たな考えがうかんだ。ジョックはそのとき、それ以上のことをもらしてしまったのかもしれない。相手が七人委員会のメンバーだと知らず――偏った考えに凝り固まった危険な人間だとも知らずに。

背後で人の話し声が聞こえて、アイルはハッと腰をうかせた。だれかが、礼拝堂の戸口に近づいていた。人影が見えた瞬間、アイルは反射的に身を伏せ、椅子の陰に隠れた。

あらわれたのは、イライアス・コノリーだった。そして、もう一人――

アイルは目をみはった。コノリーの肩越しに見えたのは、おなじみの巨漢――ヘフティことハロルド・チェスニーだった。

たちまち、アイルの全身に緊張が走った。

いったいどうして、彼らがこんな時間に――？

だが、詮索するより、今はこの場から逃れるほうが先だ。彼らが祭壇のほうに歩いていくと、アイルは頭を低くしたまま反対側に移動し、そろそろと戸口にむかった。

「あれはぼくの不手際だ。失敗した」

背中で、コノリーの悔やむ声がした。

「やむを得まい。あれはちょろちょろ動きすぎる」

今度はヘフティが言う。

「ともかく、コールフィールドをこのまま放置しておくのは危険だと思う」

アイルはハッと足をとめた。自分の名が彼らの口から話されるのを聞いて、膝《ひざ》がガクガクふるえだす。

落ち着いて。アイルは心の中で自分に言い聞かせた。ここなら見つからないわ。大丈夫。

「同感だ。事態は切迫している。実はそのことで招集がかかった」

「委員会か」

コノリーは思案げにつぶやき、うなずいた。

「そう、この件で話し合うのは早いほうがいいだろうな。いつ？」

「今夜だ。いつも通り、消灯後に旧図書館で」

――旧図書館？

今やアイルは全身を耳にして、会話に集中していた。だが、あいにくと彼らは、そこであっさり話題をかえてしまった。エリック・コールフィールドのことはこれで片が付いたといわんばかりに、今度はフットボールがどうのと話しだした。あの野蛮なスポーツもまた、彼らにとって憂慮すべき事態をひきおこしているらしい。

「八百長《やおちよう》が行われたと判断するに足る証拠が見つかったようだ」

「それも今夜の議事予定項目なんだな」

「そういうことになる。この問題にはどうやら――」

アイルはもはや興味をなくし、彼らが自分に背をむけている隙に、こっそり戸口から外に出た。と、そのときだ。いきなり目の前に人影が出現し、危うく悲鳴をあげそうになった。

「き――ふぐっ！」

実際には、その前に口をふさがれた。

「シッ！　大声をだすな、気づかれる！」

緊張した声の主は、なんとスモーカーだった。彼は無理やりアイルを礼拝堂から連れ出すと、今度は人目につかない木の陰にひっぱりこんだ。

「くそっ！　またおまえか。なにやってんだよ、こんなところで？」

「なにって――」

そのとき、アイルは気づいた。スモーカーもまた、あそこで二人の話に聞き耳をたてていたのにちがいない。

「あなたも彼らをさぐってるんですね？」

「なんだと？」

「ヘフティのあとをつけてきたんだ。ちがいますか？」

だが、スモーカーはそれにはこたえず、侮蔑《ぶべつ》のこもった口調で言った。

「野次馬根性もいいかげんにしておくんだな。面白半分に首をつっこんでると、今に痛いめにあうぜ」

「面白半分なんかじゃありません」

アイルは即座に言いかえした。今こそ、スモーカーに事情を明かすときだ。

「実はぼく、ジョック・ダルトンの弟なんです」

予想に反して、スモーカーはおどろかなかった。それどころか、彼の表情はみるみる険しさを増し、威嚇するようにアイルをにらみつけてきた。

「前に警告したよな？　オレは、そういう冗談には我慢がならないんだ」

今にも胸倉をつかまれそうになって、アイルはギョッと身をひいた。

「嘘じゃありません！　ほんとなんです！　ぼくはエリック・ダルトンです！」

「おまえはダルトンには似ていない」

「似てない兄弟なんて、世の中には山ほどいるでしょ？」

「証拠があるのか？」

「ジョックは、ぼくのことをあなたに話したことはありませんか？」

　厄介な質問を避けるために、アイルは自分から早口でしゃべりだした。

「ポーツマスに二歳下の弟がいるって。ぼく、健康上の理由で家から地元の学校に通ってたんです。ジョックほど優秀じゃないのも事実ですけど、でも――」

「おまえがダルトンの弟なら――」

　スモーカーは考えこみながら言った。

「目的はなんなんだ？」

「ジョックの死について、真実を知ることです」

　アイルはためらわずにこたえた。

「あなたは、ジョックは七人委員会に殺されたっておっしゃいましたよね。ぼくも、自殺だなんて信じられなかった。だから両親を説得して、ここに来たんです」

「偽名をつかってか？　どうしてそんなことができる？　だいたいおまえ、カートライトの親戚だってふれこみだったよな?」

「ぼくが転入できるように骨を折ってくださったのが、カートライトのおじさんのジェフリー卿《きょう》なんです。シルバートンの理事の。それで、なんとなくカートライトが面倒を見てくれることになって——嘘だと思うなら、彼に訊《き》いてください」

どうやら、それでスモーカーも納得してくれたようだった。くやしいが、ウィルの名前と信用が、ここでもものをいったかっこうだ。

「七人委員会がダルトンの死に関わってるのは間違いない」

スモーカーは言い、悔しそうに拳《こぶし》で木の幹を叩《たた》いた。

「だが、証拠がないんだ!」

「でも、少なくとも、メンバーの顔を知ることはできますよ」

アイルは、たった今つかんだ情報が突破口になることに気づいて、目を輝かせた。

「今夜、旧図書館に行けばわかります」

*

消灯後の暗いベッドの上を、ランタンの明かりが二度、三度と行き来した。アイルは眠ったふりで舎監教師と監督生の見まわりをやりすごし、足音が遠ざかるや、むくりと身を起こした。

寝巻きに上着をはおり、急いで靴を履く。

「次の見まわりまでにもどってこないと、見つかっちゃうよ」

隣のベッドから、トビーのささやき声がした。

「うん。わかってる」

アイルは、ベッドの下に隠しておいたランタンをひっぱりだした。

「……やっぱり、ぼくも行こうか？」

心配そうなトビーに、

「だめだよ。バロウズは、ここにいてくれなくちゃ」

アイルは強い口調でこたえた。

「もしぼくがぬけだしたことがバレたら、うまくとりつくろってくれる約束だろ。それに、むこうに行けばスモーカーと合流できるから、心配してくれなくても大丈夫さ」

トビーは納得してくれたが、それでも不安そうな様子はかわらなかった。

「気をつけろよ」

アイルはこっそり寮をぬけだすと、中庭を横切って校舎裏の雑木林にむかった。

旧図書館は、校内のほかの建物からは離れた場所に建っていた。学校創立時に土地を買いとった際、敷地内にあった古い民家を仮の図書館として改造したものらしい。しかし、やがて新しい図書館が校舎のそばにできると用済みになり、以後は使われずに放置されている。

七人委員会もいいところに目をつけたものだ、とアイルは思う。こんな、なにもない林の中、しかも、今では廃屋となった旧図書館に、だれが注意を払うだろう。おまけに、会合の時間が真夜中だなんて。

今夜はおそらく、自分とスモーカーのほかにも七人の生徒が寮をぬけだしてくるわけだ。消灯前の点呼のとき、アイルはそれとなく周囲の様子に注意を払っていたが、スクール寮であやしいそぶりをする人物は見つけられなかった。

今はまだ、雑木林の中はしんと静まりかえっている。だが、用心はおこたれない。アイルはランタンに布をかぶせ、わずかにもれる光だけをたよりに、木々の間をぬけていった。

スモーカーは、約束の場所ですでに待っていた。彼もまた、小さな明かりをもっている。

「だれにも見つからなかっただろうな?」

「ええ、大丈夫です」

アイルはこたえ、同時に興奮が高まってくるのを感じた。

「いよいよですね」

「ああ」

「今夜、ぼくらは強力な切り札をにぎることになりますよ。証拠があろうとなかろうと、彼ら全員の正体がつかめれば、むこうだっておいそれとは動けなくな――」

しゃべりながら勢いこんで歩きだすと、スモーカーに腕をつかんでとめられた。

「そっちじゃない」

「え？　でも――」

旧図書館は、もう目の前に見えていた。

「正面から入れば、連中と鉢合わせしちまうだろ。裏からしのびこんで、様子を見たほうがいい」

もっともな意見に、アイルはうなずいた。

二人は建物をまわりこんで、裏手から近づくことにした。だが、その辺《あた》りは一面が藪《やぶ》で、道らしい道がない。慎重に足もとを確かめながら歩いていると、ふいにスモーカーが言った。

「今夜のこと、カートライトは知ってるのか？」

アイルは一瞬、こたえるのをためらい、しぶしぶ言った。

「七人委員会のことなら、まあ。でも、今夜のことは話していません」

スモーカーは、不審そうにアイルを見た。

「どうしてだ？」

「だって、彼は当てになりませんよ。とんだ石頭なんですから。はじめは七人委員会の存在だって信じようとしなかったし、ぼくが連中のシッポをつかんだあとだって、まともにとりあってくれなかったんです。きっと、面倒にまきこまれたくないんでしょ。正直、彼には失望したな。なんでも穏便にすませようとしたがるんですからね」

スモーカーは、真顔で少し考えるふうだった。

「あいつなら、そうかもな」

「カートライトなんか、無視しとけばいいんです」

アイルは調子にのってつづけた。

「なにも彼に協力してもらわなくたって、ぼくらだけで十分にやれますよ。そうでしょ？」

「ずいぶんと自信満々なんだな、ひよっ子」

スモーカーは皮肉な口調で言った。

「カートライトを侮るのはまちがいだぜ。あいつがこっちについてくれれば、まちがいなく戦力になるはずだった。ま、今さら言ってもしょうがないけどな。ほかには、だれに話した？」

「デレク・マーストン。でも、彼は論外でしょ。ただの守銭奴で、お金のことしか興味ないんですから」

「マーストンか。ふん」

今度は、スモーカーも異論はなさそうだった。

「それから、親友のトビアス・バロウズ。彼はいいヤツですよ。いろいろ力になってくれて。今日もいっしょに行くって言ってくれたんですけど、断りました。万一、ぼくらが七人委員会に見つかってまずいことになっても、彼みたいな伏兵がいてくれれば、きっと助けになります。なにも最初から総攻撃をかけて、一気につぶされるような危険はおかす必要ないと思うんです」

「いい判断だ」

スモーカーはつぶやいた。

「おまえ、ずいぶんと知恵がまわるらしいな」

「それほどでもないですよ」

「いいや、たいしたヤツだよ」

アイルの一歩先を歩いていたスモーカーは、急に小さく毒づいて足をとめた。

「どうしました？」

「なんでもない。靴にでかい石ころが入っちまった。先に行ってくれ」

そう言ってスモーカーがしゃがみこんだので、アイルは彼を追い越した。と、そのときだ。とつぜん後ろから背中をおされ、アイルはよろけて前に倒れこんだ。とっさに手をつこうとしたが、なぜか地面をとらえることはできなかった。目の前に、大きな穴があいていたのだ。

気づいて悲鳴をあげたときには遅かった。アイルは一瞬のうちに暗闇にすいこまれ、くるりと一回転したあと、積もった枯葉の上にどさりと落ちた。

「いたた……」

したたかに背中を打ったアイルは、顔をしかめて身を起こした。

転ぶときにランタンを手放してしまったので、まわりが見えない。手さぐりをしながら立ち上がると、かたくて冷たい石の壁にふれた。垂直に切り立っている。涸《か》れ井戸かなにかだろうか。

と、頭の上で、くっくっと愉快そうな笑い声が聞こえた。

「いいざまだな、ひよっ子」

見上げると、穴のふちからスモーカーの顔がのぞいていた。彼がランタンをこちらにむけてきたので、アイルはまぶしくなって目を細めた。

ずいぶんと深い穴だ。アイルの身長の三倍はあるだろう。

「笑ってないで、助けてください！」

アイルは文句を言った。

「自分で登れないのか？」

「登れるわけないでしょ、こんなに深いのに！　とてもムリですよ」

「そいつはあいにくだったなあ。だったら、おまえは永久にそこにいなけりゃならないぜ。飢え死にして骨になっても、だれにも見つけてもらえずにな」

「悪い冗談はやめてください。それより、早くしないと七人委員会がはじまって――」

「ところが、冗談じゃないのさ」

スモーカーはまた、くっと喉《のど》を鳴らした。

「スタンレーさん？」

今までとはまるで様子のちがう彼に、アイルは不安を覚えた。

「ふざけてないで、早く助けてくださいよ！」

「おまえが、よけいなことにその黄色いくちばしをつっこまなけりゃよかったんだ」

アイルは混乱した。が、次の瞬間、スモーカーには自分を助ける気などないのだと、はっきりと悟った。自分をこの穴に——ここに穴があると知っていて——突き落としたのは、スモーカーなのだ！

たちまち、恐怖が背筋をはいのぼった。

誤解だ。スモーカーはなにか誤解している。

「だって、ぼくはジョックの！　兄の敵討ちをするために——」

「おめでたいヤツだな。ダルトンは七人委員会に殺されたって、まだ信じてやがるのか？」

「どういう意味ですか？　だって、あなたが言ったんだ！　ヘフティは七人委員会のメンバーだって！　彼がジョックを殺したんだって！」

「あの世でダルトンから聞きな。そうすりゃ、自分がとんでもない間抜けだったとわかるぜ。あばよ」

スモーカーがランタンをもって立ち去ると、たちまちアイルのそばから光が消えた。そして、アイルはそれきり、一人ぼっちで暗闇の中にとりのこされてしまった。

13

アイルが寝室から出ていったあとも、トビーは眠らずに起きて待っていた。

あのまま行かせて、本当によかったんだろうか？　今さらながら、心配になってくる。

コールフィールドは、やけに自信満々だったけど――

相手は人殺しをしたかもしれない、七人委員会なのだ。もしスパイ行為が見つかれば、ただではすまないだろう。

トビーはしばらく悶々《もんもん》としたあと、とつぜんベッドから跳ね起きた。

「やっぱりだめだ！　ほっとけないよ」

そして、自分も上着をはおって靴を履くと、同室の少年たちに気づかれないよう、静かに寝室をぬけだした。

廊下は真っ暗闇だ。

くそ。ぼくもランタンを用意しておけばよかった。

トビーは壁伝いにそろそろと歩き、途中で自分の勉強部屋に立ちよって、ランプをもちだした。そして、なんとか玄関までたどりついたときだ。いきなりランタンの明かりに出くわした。

見まわりだ、しまった！　あわててきびすをかえしたものの、むけられた光から逃げることはできなかった。

「おい、おまえ！」

即座に呼び止められ、トビーは飛びあがった。

「はいっ、すみません！」

「コールフィールドの相棒だな？」

ビックリしてふりかえると、ランタンをもってそこに立っていたのは、デレク・マーストンだった。

「どうした？」

「いえ、あの、ええっと――」

トビーはもじもじしながら、必死で言い訳をさがした。

「いえあの、じゃねえだろ。こんな時間に、どこへ行くつもりだ？」

「トイレです」

「嘘つけ。またあのお騒がせコールフィールドが、なにか企《たくら》んでんじゃねえだろうな？」

鋭い。トビーは首をすくめた。

「隠してることがあるなら、さっさと吐け。オレは忙しいんだ」

忙しい？　その言い草に、トビーはひっかかった。

「そういうあなたは、どうしてここに？」

デレクは、ジロリとにらみつけてくる。

「知りたいか？」

トビーは迫力負けして、視線をそらした。

「いえあの、べつに、どうしてもってわけじゃ――」

「夜の見まわり代行だ。一晩、五シリングでな」

「ああ」

この上もなく納得できる答えだった。まさかデレクが、金儲《かねもう》けのためにそんな仕事まで請け負っているとは知らなかったが。

あれ？　だけど、彼に依頼したのって――

「それで？」

デレクの声に、トビーはハッとわれにかえった。

「え？」

「吐かねえんだったら、このまま校長んとこ行くか？　ん？」

「……」

もはや白状する以外、この場から逃れるすべはなさそうだった。

＊

スモーカーはまんまとアイルを罠《わな》にかけると、彼女のランタンを拾って、急いでその場から離れた。

「兄弟そろって、馬鹿なヤツらだ」

吐き捨てるようにつぶやく。

七人委員会を出し抜くだけでも楽ではないのに、この上、あんな小僧にまでひっかきまわされてはたまらない。しかし、もとはといえば兄のダルトンのせいだ。

——学校を出て行く前に、ぼくはみんな話すことにしたよ。

ダルトンがあんなことを言いださなければ——

あの夜、ダルトンがコリンズ教官のところで話しこんでいると知ったとき、スモーカーは生きた心地もしなかった。出てきたらすぐにも問い詰めるつもりでいたが、ダルトンはそれも察していたのか、自分からスモーカーの勉強部屋までやってきた。

――きみも話してほしい。ぼくにきみを告発させないでほしいんだ。こんなこと、いつまでもつづけられるわけがないだろう？　きりがないよ、スモーカー。どこかで終わらせないと。

「したり顔をしやがって」

思い出すたび、スモーカーは歯軋《はぎし》りをしたくなる。

「あいつのヘマのせいで、どうしてオレまで放校にならなきゃならないんだ？」

だが、あのときは観念したふりをした。

――おまえがそこまで覚悟を決めたんなら、オレもそうするよりしょうがないな。

ダルトンの、クソまじめで融通のきかない性格はよくわかっている。となれば、スモーカーに残された道は、もはや一つしかなかった。

――オレもおまえも、とうとうここからおさらばってわけだ。

――スモーカー。それでも人生が終わるわけじゃない。きみならやりなおせる。

――おまえは？

スモーカーは切りかえした。

――おまえはどうするんだよ？

すると、そのときはじめて、ダルトンはさびしそうな微笑をうかべた。

――家には帰れないからね。船乗りにでもなるかな。

――ご立派な覚悟だな。

スモーカーはダルトンに背をむけ、戸棚にかくしておいた酒をとりだした。

――一杯やらないか？

グラスをかかげ、気楽そうにもちかけた。

――ぼくは飲めない。知っているだろう？

――まあ、そう言うな。一杯だけだ。別れの杯――いや、門出の、か。辛気くさいのはごめんだからな。

ダルトンは断らなかった。律儀でまぬけなヤツだ。阿片《あへん》の入った酒とも知らず、一息に飲み干した。

スモーカーはその後、ダルトンの遺体を本人の勉強部屋まで運んだ。ダルトンを担ぐのは二度目だった。以前、仲間と飲んで酔いつぶれた彼を、同じようにして運んだことがあったからだ。一度目とちがうのは、背中の男が生きているか死んでいるかだけ。

一度目、酒で正体をなくしたダルトンは、ろれつのまわらなくなった舌でスモーカーに重大な秘密をもらした。だが、彼はもうしゃべらない。二度と秘密をもらすことはない。スモーカー自身の秘密もまた――

だれにも見られずダルトンの部屋にたどり着くと、スモーカーはそこで遺体を床の上におろし、そのかたわらに阿片のビンを捨てた。そして、何事もなかったように寝室にもどって、ベッドに横になった。

夜明け前に遺体が発見されたのは計算外だったが、ほかは目論見《もくろみ》どおりにいった。ダルトンの死は自殺と断定され、盗難事件についても、それ以上詮索《せんさく》されることはなかった。すべてはそれで終わったと思っていた。厄介な問題は片付いたと。

それが甘かったと気づいたのは、つい最近だ。スモーカーはひょんなことから、同室のハーマンが、盗まれた指輪をとりもどしていることに気づいたのだ。

問いつめると、ハーマンはそれが七人委員会の仕業だと白状した。

はじめは信じられなかった。なぜなら、ハーマンの指輪を盗み、それを質屋で金にかえたのは、ほかならぬ自分だったからだ。エリート校の生徒であるスモーカーには、故買屋の知り合いなどいない。盗品を処分するには、それが一番かんたんなやり方だった。

スモーカーはまさかと思いながら、隠しておいた質札をたしかめようとし――愕然《がくぜん》とした。

手もとからなくなっていたのだ。

背筋が凍りついた。

なぜだ？

どこかに落とすはずはない。スモーカーはそれを、人目につかないよう、厳重に隠していたのだから。盗まれでもしないかぎり、だれかの手にわたるはずはない。

真っ先に頭にうかんだのは、かつて同室だったヘフティだった。あいつは、自分のもっていた阿片チンキのビンがなくなっているのに気づいたはずだ。なのに、ダルトンが死んだとき、騒ぎたてなかった。てっきり、自分が責任を問われるのを恐れてのことだと思っていたが――

七人委員会に密告したのはあいつか？　それとも――まさか、あいつ自身がメンバーなのか？

思えば、だれもが嫌がったダルトンの勉強部屋に自分から志願して移っていったのも、奇妙な話だった。実際には、ダルトンが命を落としたのは皮肉にも、スモーカーとヘフティの勉強部屋でのことだったのだが。

スモーカーはその後、ヘフティの身辺をさぐりはじめた。そして、ヘフティの机の引き出しから、思いもかけないものを見つけた。やはり自分がロンドンで質に入れたはずの、コリンズの懐中時計だった。

誤算だったのは、その現場をコールフィールドに見られたことだ。

いったい裏庭でなにをしていたのか、あの小僧は目を丸くして窓の外に立っていた。

とっさの出まかせは、真実が半分、嘘が半分。だが、コールフィールドはまんまと信じこんだ。それもそのはず――

ダルトンの弟だったとはな！

今思い出しても、冷や汗がでる。

スモーカーがそれを知ったのは、実は本人が打ち明けたときではない。二人でヘフティの部屋から出たときだ。たまたま廊下でコールフィールドを見つけたコリンズ教官が、彼にこう呼びかけたのだった。ダルトン君――と。

おそらく、二人ともうっかりしていたのだろう。それとも、まだ声の届くところに自分がいたことに気づかなかったのか。

ともあれ、スモーカーはそのとき、エリック・コールフィールドがダルトンに関わりのある人物だと知ったのだ。そして、厄介な問題がさらに増えたことも。

ダルトンの弟は、ジェフリー卿《きょう》の口ぞえでシルバートンに来たのだと言った。おそらくカートライトにも、自分のことをしゃべったにちがいない。となると、これ以上、ここに学校側がふたたび調査をはじめれば、ダルトン殺しが露見するのも時間の問題だろう。スモーカーは今夜、シルバートンに永遠の別れを告げるつもりで寮を出てきたのだ。荷物は林の中に隠していた。あとは、それをもって去るだけだ。

＊

今夜のアイルの計画をトビーから聞きだしたデレクは、問答無用でトビーを寝室に追いかえし、急いで旧図書館にむかった。

「くそっ！　世話を焼かせやがって」

アイルの無鉄砲さに腹が立ち、心配のあまり動揺している自分にも腹が立った。

ああ、ちくしょう。なんていやな気分だ。だれかの無事を気にして、こんなにも不安になるなんて。しかも、よりによって金持ちのわがまま女なんかのために。

デレクには、なによりそれが気に食わなかった。

上流のお嬢さまなら、それらしく屋敷にひっこんでピアノでも弾いてりゃいいものを――あの女ときたら！　行く先々でドジをふんで派手な厄介事をひきおこすわ、助けられても反省の色すらみせずに逆に相手を脅すわ、非難するわ、やりたい放題だ。それでも、ただの馬鹿なら、無視するのはかんたんなのだ。あの女の場合、やたら小賢《こざか》しくて口が達者だから、よけいに始末が悪い。

あんな面倒な女に惚《ほ》れてふりまわされるのはカートライトの勝手だが、自分には関係ない。今後はなにがあっても傍観をきめこもうと、つい数時間前にも決意したばかりだというのに――またぞろ、これだ。あんちくしょう！

これが最後だ、とデレクは思った。今夜、あの厄介者を見つけたら、即座に尻《しり》を叩《たた》いてシルバートンから追い出してやる！

心の中でさんざん毒づきながら小道をたどっていたデレクは、雑木林をぬけていく人影に気づいて、ふと足をとめた。あれは――

「どこに行くんだ、スモーカー？」

行く手に立ちふさがると、スモーカーはギョッとして足をとめた。

「マーストン！」

デレクは、じっとスモーカーの顔を見つめ、皮肉な笑みをうかべた。

「おかしな時間におかしな場所で会うもんだよな？」

「おまえこそ」

「オレは就寝時間に寮をぬけだした馬鹿をさがしてるんだ。スクール寮の四級生でな、エリック・コールフィールドっていう、手を焼かせる坊主だ」

「そうか。ご苦労だな」

「おまえは見なかったか？」

「知らないね」

そっけなくこたえてスモーカーが行こうとするのを、

「待てよ。まだ話は終わってないぜ」

デレクがまた呼びとめて言った。

「それはそうと、おまえ近ごろ、ずいぶんと七人委員会にビクついてんだってな？」

その瞬間、スモーカーの拳《こぶし》が飛んできた。顔面に強烈な一撃をくらってデレクがひっくりかえると、スモーカーは一目散に逃げだした。

「あの野郎！」

デレクは切れて血のにじむ唇を片手でぬぐいながら起きあがり、スモーカーを追って駆けだした。その足は速かった。デレクは逃げる獲物を視界にとらえるや、猛然と追いつき、タックルを仕掛けた。スモーカーはよけきれず、いっしょに草むらに倒れこんだ。

デレクはすばやい身ごなしでスモーカーの上にのしかかり、二度、三度と拳で殴りつけ

た。そして、

「さあ、言え！」

首をしめあげながら、スモーカーに迫った。

「コールフィールドはどこだ!?」

するとスモーカーの苦しそうな唇が歪《ゆが》み、かすれた笑いをもらした。デレクは不審そうに眉根《まゆね》をよせた。

「なにがおかしい？」

「もう遅い」

スモーカーは声をあげて笑い、その拍子に喉《のど》をつまらせて咳《せ》きこんだ。

「遅いって、なにがだ？　言えよ、この野郎！」

デレクは焦《じ》れてスモーカーをゆさぶった。

「言え！」

「もう遅い。あいつはもう——」

思わせぶりに言いかけて、スモーカーはデレクの腹を蹴《け》りあげた。それはまともにみぞおちに入り、デレクはうめき声をあげた。たまらず前かがみになって倒れこむと、スモーカーはその下からぬけだし、よろめきながら立ち上がった。

「くそっ、待て――」

デレクは止めようとしたが、体に力がはいらない。なすすべもなく遠ざかる背中を見やったとき、不可解なことが起きた。いきなりスモーカーの叫び声が聞こえたかと思うと、彼の体が後ろにふっとび、尻もちをついて倒れこんだのだ。

デレクは唖然《あぜん》とした。スモーカーは気を失っていた。

と、木々の間からもう一つの人影があらわれた。デレクは警戒して顔をあげ、相手がだれかを知ると、ほっと緊張をといた。

「なんだよ、発明屋か。おどかすな」

ケネス・エアリーは大砲のような機械を肩に担いでいた。筒の先には、拳闘《けんとう》用のグローブが鎖につながれてぶらさがっている。

デレクは目を丸くした。

「なんだ、そりゃ？」

すると、エアリーは得意そうに胸をはった。

「最新発明、ボクシング・ガンだ。たったの一撃で敵を倒すことができる。しかも、相手を殺す恐れはない」

デレクは、ふんと鼻を鳴らして立ち上がった。

「死人がでない？　そいつは大いに疑問だな」

「どうして？」

「ただのやかんに爆弾なみの破壊力をもたせるヤツの言うことなんか、信用できるか。オレは紅茶一杯のために、危うく命を落とすところだったんだぞ」

するとエアリーは、傷ついた顔をした。

「あれはやかんがやわだったんだ。自動紅茶淹《い》れ器の設計に問題はなかった」

「一生言ってろ」

デレクはスモーカーのそばに膝《ひざ》を折ると、ピシャピシャと頬を叩いた。だが、まるで目を覚ます気配がない。

「そら見ろ、ちくしょう！　やりすぎだ。完全に気絶しちまったじゃねえか！」

デレクは文句を言った。

「どうしてくれるんだよ？　こいつにコールフィールドの居所を吐かせようと思っていたのに」

するとエアリーは申し訳なさそうに肩をすぼめた。

「あー、すまん。二人で殴りあってるのを見て、加勢しようと思ったんだ」

それを聞いて、まがりなりにも助けられたのだと思い出し、デレクは無愛想に言った。

「こいつをふんじばって運んでくれたら、恩に着る」

「まかせておけ。マーストンは？」

「コールフィールドをさがす。くそっ、やられちまってなけりゃいいが――」

＊

井戸の底に閉じこめられたアイルは、必死で大声を張りあげ、助けを呼んだ。だが、やがて喉がからからになり、どう騒ごうと状況がかわらないことを認めると、あきらめてその場にへたりこんだ。こんな真夜中、どうせだれも来てくれるはずはないのに、むなしい努力をつづける気にはなれなかった。

とはいえ、たとえ夜明けまで待ったとしても、助かる見込みがあるのかどうかはわからない。スモーカーが言ったとおり、永久に見つけてもらえなかったら、どうしよう？

このまま死ぬのかしら……

そんな思いが頭をよぎり、胸が苦しくなった。

お父さまは、きっと心配して悲しんでくださるわね。ウィルも……彼は自分の責任だと悔やむかしら。ええ、責任感の強い彼だから、きっと苦しむわ。馬鹿だったのは、わたしなのに。

そう、馬鹿よ。まんまとスモーカーに騙《だま》されて。調子にのって。

デレクが言ったとおり、馬鹿なお嬢さんだわ、アイル。

不思議なことに、デレクのことを思い出すのは、以前ほど不愉快ではなくなっていた。

それどころか、彼のぶっきらぼうな態度や怒鳴り声が、今はなんだかなつかしい。

デレクのように、感情をむきだしにしてアイルを叱りつけるような人間は、今まで一人もいなかった。辛辣《しんらつ》で皮肉屋で、おまけに悔しいが——彼の非難がいつも不当でまちがっていたとは言いきれない。負けず嫌いのアイルにとって、それを素直に認めるのは、いささか難しいことではあったのだが。

わたしが行方不明になったとわかったら、きっと彼はまた言うにちがいないわね。

「馬鹿野郎！」

そう、あんなふうに——えっ？

「出てこい、コールフィールド！　くそったれ！　これ以上、手を焼かせるんじゃねえ！

そのへんにいるなら返事をしろってんだ、くそガキ！」

アイルは、ぱちくりと目をしばたたいた。

……幻聴かしら？

「コールフィールド！」

ちがう、この声は本物だわ！　彼が近くにいる！　わたしをさがしてる！

たちまち、希望がよみがえった。

「ここ――」

アイルは立ち上がり、必死で声をふりしぼった。

「デレク！　わたしはここ――ここよ！」

14

デレクは涸《か》れ井戸を見つけると、どこからか木蔦《きづた》のつるをさがしてきて、アイルのところまで垂らしてくれた。アイルはそれを腰に巻きつけ、石壁の割れ目を足がかりにしながら、どうにか上まで這《は》いあがることができた。

「デレク――」

やっとのことで穴から顔をだしたとき、

「馬鹿野郎！」

デレクはいきなり怒声を浴びせてきた。

「だから首をつっこむなと言ったんだ！」

素直に礼を言おうとしていたアイルは、その瞬間、カッとなって怒鳴りかえしていた。

「言われなくても馬鹿はわかってるわよ！　だけど事情も知らないくせに、頭ごなしに怒鳴らなくってもいいでしょ！　だいたいね、こんなとき紳士なら、怪我はないかってまず訊《き》くものよ！」

「紳士でなくて悪かったな！　怪我はないか!?」

「ございません！」

「だったら、来い！」

デレクはアイルの手首をつかんで立たせ、そのまま強引にひっぱって歩きだした。アイルはおどろき、藪《やぶ》に足をとられて転びそうになりながら、ついていった。

「ど、どこに行くの？」

「そんなに会いたきゃ、会わせてやるさ」

「だれに？」

「七人委員会だ」

それを聞いて、アイルは飛びあがりそうになった。

「冗談でしょ!?」

あわてて足をふんばると、デレクはふりかえった。

「知りたくないのか？」

「七人委員会のこと？　もちろん知りたいわよ。だけど、どうして――」

考えてみれば、おかしな話だった。なぜ、デレクが今夜のアイルの目的を知っているの

か。そもそもデレクは、こんな時間にこんなところで、なにをしていたのだろう？　だが、それについて問いただす暇もなく、

「好きにしろ」

デレクはつきはなすように言うと、一人でスタスタ旧図書館にむかって歩きだした。アイルは困惑したが、

「ああ、もう！」

意を決して、デレクを追いかけた。こうなったら、やぶれかぶれだわ。

二人はいっしょに旧図書館の玄関をくぐった。中は真っ暗闇だった。人の気配は感じられない。アイルは、落胆すると同時にホッとするという、複雑な気持ちを味わった。

「だれもいないみたいよ？」

ヒソヒソ声で言ってみたが、デレクはあきらめるつもりはないらしい。彼はランタンをかかげてホールを突っ切ると、迷いのない足どりで奥に進んでいく。やがて彼らは、扉の隙間から光のもれている部屋の前にたどりついた。

ためらうアイルのことなど気にもとめずに、デレクは堂々と扉をあけた。

そこは明るかった。恐る恐るアイルが中をのぞきこむと、何人かの生徒たちがテーブルをかこんでいるのが見えた。そして、正面にすわっている生徒に気づいたとき――アイル

は言葉を失った。

「遅くなってすまなかった。ちょっと面倒なことが起こってな」

デレクが言うと、ウィルはうなずいた。

「今、エアリーから事情を聞いて、加勢に行こうかと話していたところだ。どうやら、その必要はなかったようだね」

「……ウィル？　こんなところでなにしてるの？」

やっとのことでアイルが訊くと、優等生のいとこはすました顔でこたえた。

「着席したまえ、コールフィールド君。今夜は特例として、きみの委員会への出席を認めよう」

「……なんですって？」

その瞬間、頭の中が真っ白になった。

あらためてテーブルのまわりに目をやると、そこにそろっていたのは、見おぼえのある顔ばかりだった。ウィルの隣には、コノリーとヘフティがすわっている。そして、聖歌隊のクリスに、毒薬マニアのサイモン、それから——嘘っ!?　アイルは目をむいた。あれほどさがしていた発明屋のケネス・エアリーもまた、そこにいた。

「なにぼけっとしてんだ？　すわれよ」

デレクに背中を小突かれ、アイルはふりかえった。

「だって――」

アイルの混乱を見てとって、デレクは肩をすくめた。

「ご期待にそえなくて悪かったな。これが謎の七人委員会だ」

アイルはショックのあまり、デレクの嫌みにも反応できなかった。

「聞こえなかったか？」

「ぼく、耳がどうかしちゃったのかも。デレク、今、七人委員会って、そう言ったの？」

「ああ」

「てことは、ウィルも？　デレクもメンバーってこと？　嘘でしょ!?　いったい、なんだってそんな――」

アイルは、ギクリとして言いやめた。テーブルから離れた壁際の椅子に、もう一人、なじみぶかい人物の姿を見つけたからだ。

「スモーカー！」

アイルを古井戸に突き落として逃げた張本人だった。アイルはカッとなってスモーカーに詰めよろうとしたが、デレクに腕をつかんで止められた。

「あいつがぼくを井戸に突き落としたんだ！」

指差して叫ぶと、

「わかってる」

デレクはうなずいた。

「これが終わったら、好きなだけ殴れ。だが、今はダメだ」

そのとき、遅ればせながらにアイルは気づいた。スモーカーは縄で椅子に縛りつけられていて、おまけに気を失っているようだった。それだけではない。まるで誰かと殴り合いでもしたかのように、その顔はひどく腫《は》れあがっていた。

「……すでに殴られてるみたいだよ」

そう言ったあとで、今度はデレクをまじまじと見つめた。暗いところではわからなかったが、デレクの顔にも明らかな暴力の痕《あと》があった。唇の端が切れてふくれあがり、乾いた血がこびりついている。

「デレクがやったの？」

するとデレクは、思い出したように顔をしかめた。

「逃げようとしやがったからだ」

デレクの痛々しい傷を見ているうち、奇妙にもアイルの中でやさしい衝動がわきあがり、手をのばして彼にふれたくなった。そして、そんな自分に狼狽《ろうばい》し、あわてて小さく咳払《せきばら》いをした。

「そもそも、どうしてぼくがあそこにいるってわかったの？」

「バロウズだ。決まってるだろ」

デレクはあいかわらずぶっきらぼうに言った。

「あの野郎がベッドをぬけだしてウロウロしてやがったから、捕まえて吐かせたんだよ」

アイルは、あやうく声をあげて笑いそうになった。かわいそうなトビー。彼にもあとでお礼を言わなきゃ。

そのとき部屋の隅で悲鳴があがり、アイルはさっとふりかえった。

ケネス・エアリーがスモーカーの頭からバケツの水を浴びせたのだ。今、彼らの捕虜は目を覚まし、自分の置かれた立場に気づいて癇癪《かんしゃく》を起こしていた。

「くそっ！　なんだよ、これは!?　縄をとけ、ちくしょう！」

スモーカーはわめき、なんとかいましめから逃れようと椅子をガタガタゆらした。

「それは無理だ、スタンレー。きみの逃亡を阻止するための、やむを得ない処置だと理解してくれたまえ」

ウィルは皮肉な口調で言いながら、目でアイルに着席をうながした。アイルは黙って手近な椅子にすわり、デレクもその隣に腰をおろした。

スモーカーへの怒りは、今やこれからはじまることへの好奇心にとってかわっていた。

アイルは興味津々で、彼らのやりとりを見守った。

「いったいなんのつもりだ⁉　くそっ！　きさまらにこんな権利は——」

「今夜、委員会が招集されたのは、きみにかけられた四つの嫌疑について検討するためだ。きみにもよくわかっているはずだが」

「オレがなにをしたってんだ⁉」

するとウィルは、にっこり笑った。

「ありがとう。その質問を待っていた」

「なにっ⁉」

「では、はじめよう。本日の議事予定項目の一つめ、対外試合における八百長《やおちょう》疑惑。マーストン」

ウィルがうながすと、デレクがあらたまった様子で口をひらいた。

「今年のペンブローク校とのフットボール対校試合において、マーガリー寮の六級生ギルバート・スタンレーは、相手方キャプテン、フラッシュマンから八百長をもちかけられ、これを承諾。わが校のフットボール代表チームの中心選手として責任ある立場にあったにもかかわらず、試合直前になって右膝《みぎひざ》関節の損傷を装い、欠場した」

「あの試合は勝っただろ！　どこが八百長だ」

　スモーカーが反論すると、デレクはピクリと片眉《かたまゆ》をあげた。

「おまえの希望に反してな。おかげで、賭《か》け試合で一儲《ひともう》け企《たくら》んでいたフラッシュマンとそのよからぬ仲間は多大な損害をこうむり、おまえに賠償を迫った。そうだろ？」

「証拠があるのか？」

「フラッシュマンがみんな吐いたぜ」

　あっさり言うと、スモーカーは絶句した。

「あの野郎、素行不良でペンブロークを放校になってやがって、居場所をつきとめるのに苦労したけどな。オレは二週間前、やっとあいつを捕まえた」

　アイルは、思ってもみなかった話の展開に唖然《あぜん》とした。

　シルバートンの英雄が八百長ですって？　嘘でしょ？？？

「あいにくだったな、スモーカー。おまえの**わざとらしい**怪我に疑問をもったのはオレだけじゃないし、休日におまえがフラッシュマンと会っているところを目撃したヤツもいる」

　その目撃したヤツって、トビーのことかしら？　だとすると、トビーが街で見かけた光景は、友情とはまったく無関係だったことになる。

しょうね。アイルは心の中でため息をついた。かわいそうに。トビーはきっとショックをうけるで

デレクはつづけた。

「フラッシュマンは学校から放り出されて自棄《やけ》になり、おまえのしたこともバラすと脅して、金を要求した。はじめのうちはおまえもなんとか都合をつけていたが、そのうち要求が頻繁になると、さすがに追いつめられた。そして、ついに生徒の所持金や持ち物に手をだすようになった。ハーマンの印章指輪も、コリンズ教官の懐中時計も、盗んだのはおまえだ」

「オレじゃない、ダルトンだ！」

「さて、ここからが二つめの嫌疑だ」

ウィルが口をはさんだ。

「諸君、今聞いたように、スタンレーは窃盗容疑を否認している」

「当たり前だ！　そんな濡《ぬ》れ衣《ぎぬ》を着せられてたまるか！」

「では、なぜきみが盗品の質札をもっていたのかね？」

次に発言したのは、ヘフティだった。

「我輩がそれを見つけたのは、ダルトンではなくスタンレーの持ち物からだと証言できる。

当時、われわれは同部屋だった」

　すると今度は、クリスが手をあげて言った。

「ぼくはヘフティにたのまれてロンドンまで質草をうけだしに行ったんだけど、質屋の親父さんは指輪と懐中時計をもちこんだ人物の特徴をよく覚えていたよ。年のころ十七、八の若い男で、肩幅の広いがっしりとした体格に褐色の髪をしていたらしい。ダルトンよりは、スタンレーの特徴に一致する。ダルトンはどちらかといえば細身だったし、そもそも金髪だったからね」

「オレじゃない、ダルトンがやったんだ！　コリンズに訊《き》いてみろ！　ヤツは自分で盗んだと白状したはずだ！」

　同じ主張をくりかえすスモーカーに、またヘフティが言った。

「ダルトンは、スタンレーに脅迫されていたと考えるに足る証拠がある」

「なんだと!?」

「つい最近、ハーマンが我輩に興味深いことを教えてくれた。フレミングが寮に酒をもちこんだ日、ダルトンは正体がなくなるまで酔っ払い、自分の父親について妙なことを口走ったそうだ。そして、そのときスタンレーもその場にいた」

　アイルはハッとした。今ここで、ジョックの秘密が暴露されるのだろうか？　不安げにウィルを見ると、彼と目があった。

「それはつまり、ダルトンにとっての弱みであり、スタンレーにとっては格好の脅迫材料になり得る事実だね」

ウィルの言葉に、ヘフティは大きくうなずいた。

「そのとおり」

「ダルトンの名誉を尊重して、今ここでそれを口にするのはひかえるが、われわれはその事実をすでに確認している。先に進めてもいいかな?」

スモーカー以外の全員がうなずいた。アイルもホッとしてそれにならった。

ジョックの出生の秘密については、アイルもエリックから知らされている。だが、まさかそのことでジョックがスモーカーから脅迫されていたなんて、考えもしなかった。どうやら七人委員会は、アイルとはちがう方向からこの事件を調べていたらしい。

「スタンレーは思いがけずダルトンの弱みをにぎり、以後、彼から金をゆするようになった。ダルトンは可能な限り応じていたが、万策尽きると、今度は窃盗を強要された。つまり、スタンレーは自分がやっていたことをダルトンにやらせようとしたわけだ」

「なんの根拠もない、でっちあげだ!」

なおもわめきたてるスモーカーに、

「と、ばかりも言えないぜ」

デレクが言った。

「状況証拠を集めると、自然とそういう推論が成り立つわけだ。コリンズ教官の懐中時計を盗んだのは、明らかにおまえ。九月の初めに起きた、ほかのいくつかの盗難事件もな。ところがそれを知らなかったオレは、ダルトンを現行犯で押さえたとき、自首しろと迫っちまった」

その声には、苦々しい後悔の響きがあった。

「それは無理もないことだ。あの時点では当然の判断だった」

ウィルがかばうと、ほかの者もしかつめらしくうなずいた。

「さて、三つめの嫌疑はきわめて重大だ。コリンズ教官に名乗ってでたダルトンは、自身の秘密を守るためにスタンレーの罪も自分でひきうけ、放校を覚悟した。ところが、スタンレーはのちにダルトンから秘密がもれることを恐れ、口封じのために彼を殺害した」

「我輩の部屋から、阿片《あへん》チンキを盗みだしてな」

ヘフティが言い添えると、スタンレーは嚙《か》みつくように言いかえした。

「人のことを言う前に、きさまの無実はどうやって証明するんだよ？　ええ、ブタ野郎！　きさまがダルトンを殺すために計画的に阿片を手に入れたんじゃないと、証明できるのか？」

「あいにくだが、スタンレー」

サイモンが憂鬱《ゆううつ》そうに口をはさんだ。

「その阿片をヘフティのために手に入れてやったのは、そもそもわたしだ。虫歯の痛み止めにな。半年以上前になる。薬局に記録が残っているから、調べればわかることだ」

スモーカーは歯を食いしばった。

「くそっ、こんな茶番にはうんざりだ。よってたかってオレをはめようとしやがって。オレがダルトンを殺しただと？　どこにそんな証拠がある！　全部、きさまらの妄想じゃねえか！」

「妄想なもんか、ぼくが証拠だ！」

アイルは、思わず立ち上がって叫んだ。

「おまえがジョックを殺した犯人じゃないなら、どうしてぼくを殺そうとした？　さぐられてまずいことがあったからだろ！」

「さて、この殺害未遂容疑が四つめだ」

ウィルが言った。

「諸君もすでに知ってのとおり、今夜、スタンレーはコールフィールドを雑木林におびきだし、涸《か》れ井戸に突き落として、そのまま逃亡を図った。幸い、マーストンが気づいてコールフィールドを救出したものの、あのまま発見されなければ、どうなっていたかは容易に想像がつく」

しかし、スモーカーは恐れ入るどころか、鼻を鳴らして憎まれ口をたたいた。

「その小僧が勝手にドジふんで落ちただけだろ。それがなんの証拠になるってんだ、馬鹿馬鹿しい」

「なんだって――」

アイルがまたカッとなりかけると、

「だが」

今度はコノリーが口をひらいた。

「スタンレー。少なくとも、コールフィールドを校舎の裏階段から突き落としたのがきみだということなら、わたしが証言できる」

おどろいてアイルがふりかえると、コノリーの静かな眼差《まなざ》しにぶつかった。

「きみはなにか誤解したらしいが、ぼくはカートライトに頼まれて、きみを監視していたんです」

思ってもみなかった言葉に、アイルは困惑した。

「……それ、本当？　どうして？」

ウィルに目をむけると、彼は肩をすくめて言った。

「あのままほうっておくと、きみは勝手に危険地帯まで突っ走っていきそうだったからね。きみの身の安全のために、コノリーに依頼した。ぼくとマーストンが尾行したんでは、すぐに気づかれてしまうだろう？」

「あのときぼくは、スタンレーがきみのあとをつけていることに気づいた」

またコノリーが言った。

「だが、まさかあそこで手を出してくるとは予想していなかった。止められなかったことを申し訳なく思っている」

そのとき突然、アイルは気づいた。意識を失いかけた彼女が階段の上にコノリーの姿を見たのは、まちがいではなかった。だが、彼に突き落とされたわけではなかったのだ。むしろ——

コノリーが助けてくれたのだ。だれもいない校舎裏で気を失った自分が、ああもすばやく医務室に運ばれたのは、コノリーのおかげだったのだ。

ああ、なんてこと！　アイルは急に自分が恥ずかしくなった。どうして、そのことに思いいたらなかったのだろう？　自分を見つけてくれたのはトビーだと、勝手にカン違いしていた。

今なら、わかる。なにもかも。スモーカーの仕業だったのだ。七人委員会を騙《かた》って、アイルを脅したのも。

「あー、ちょっといいかな？」

クリスが手をあげて発言した。

「実は、ぼくにはまだよくのみこめていないんだ。この件に、コールフィールドがどう関わっているのか。確かに、今夜の騒動については聞かされたけどね。だけどそもそも、どうしてコールフィールドが狙われることになったんだ？　彼は転入してきたばかりだろう？」

「それはわたしも聞きたいな」

サイモンが言い、エアリーもうなずいた。どうやら、この三人はまだ事情を知らされていなかったらしい。

「ああ、すまない。コールフィールドの予期せぬ介入で、事態が急展開したものでね。きみたちには話す暇がなかった」

ウィルは苦笑し、アイルに目をむけた。

「さあ、コールフィールド。きみの果たした役割について話してもらおうか」

アイルはうなずき、あらためてそこに集まった顔を見わたした。だれもがだまって、この小柄な転入生に注目している。アイルは臆《おく》することなく、口をひらいた。

「スタンレーがぼくを殺そうとしたのには、もちろん理由があります。けれどそのことを話す前に、ぼくはみなさんに告白しなければなりません。ぼくはエリック・コールフィールドではないんです。ぼくの本当の名前は、エリック・ダルトン。スタンレーに殺されたジョックの弟です」

一瞬、沈黙が流れた後、クリスが小さく口笛をふいた。

「なるほど、そういうことか」

そして、愉快そうにウィルを見る。

「カートライトの差し金かい？」

「まさか」

ウィルは肩をすくめた。

「黒幕はおじのジェフリー卿《きょう》だ。ぼくが知ったのはたまたまだ」

それは事実だった。もともとウィルは、エリック・ダルトンの存在を知らなかった。アイルが教えたのだ。なのにウィルは、自分の情報はしっかり握りこんで、アイルによこそうともしなかった。まったく、いまいましい。

「ええ、そうです。カートライトさんは、ぼくの正体は黙っていてくれましたけど、七人委員会のことは教えてくれませんでしたね」

アイルは恨みがましく言った。

「ですからぼくは、一人で兄の死の真相をつきとめようとしたんです。恥をしのんで打ち明けますが、ぼくは最初、みなさんを疑っていた。今思えば、まんまとスタンレーにのせられたんです。彼は自分が七人委員会から目をつけられていることに気づいていて、チェスニーさんの部屋をさぐっていた。ぼくは、たまたまその現場を目撃したんですが、スタンレーはそれを逆手にとって、ぼくがチェスニーさんと七人委員会を疑うようにしむけたんです」

あのときのことを思い出すと、あらためて悔しさがこみあげてきた。スモーカーの目に、自分はさぞ間抜けに映っていたにちがいない。

「ぼくは馬鹿でした。スタンレーが七人委員会を敵にまわしていると知って、同志を見つけたとよろこんだんですから。それで、ぼくはスタンレーに、自分がジョックの弟であることを打ち明けてしまった」

「そして、逆にスタンレーをあわてさせたというわけだな」

ヘフティがふくみ笑いをもらした。

「少年、きみの無謀な行動は非難されるべきではあるが、しかしまた、こうも早くスタンレーが馬脚をあらわしたのは、きみのおかげともいえる。われわれにとっては、それで状況が単純化されたわけだ」

「そうかもしれません。スタンレーは七人委員会の名を騙ってぼくを脅し、二度にわたってぼくを殺害しようとしました。彼はその行為によって、自ら罪を白状したようなものです」

アイルは鋭い目でスタンレーをにらんだ。

「ぼくを殺せなくて残念だったな、スタンレー。もう言い逃れはできないぞ。ジョックを殺した償いは、必ずさせてやる」

「ふん。笑わせるぜ」

スタンレーは目をぎらつかせ、嘲《あざけ》るように言った。

「きさまがダルトンの弟だと？　おい、小僧。おまえ、兄貴の正体、知ってんのかよ？　あいつの本当の親父がだれだか、知ってて言ってんのか？」

アイルはハッとした。

「きさまらもきさまらだ。どいつもこいつも、あいつのご清潔なツラにだまされやがって。ダルトンはな、そもそもこのシルバートンに来る資格すらなかったんだ。あいつの親父はニューゲ――」

　最後まで言わせなかった。アイルはスタンレーに歩みより、片手をふりあげて彼の頬を打った。

「知ってたさ！」

　はりあげた声が、怒りにふるえる。

「そんなこと、教えられなくたって、最初からエリ――ぼくは知ってた。だけど、それがなんだ？　資格だと？　ジョックはそれを手に入れるために努力してた。懸命に努力してたんだ！　おまえなんかにわかってたまるか！」

　そうよ、わかってたまるもんですか。思いがけず感情が高ぶり、アイルの目に涙がにじんだ。視界がぼやけそうになるのを、懸命にこらえる。

　ジョックがどんな思いで努力してたか、わたしにはわかる。このシルバートンで疎外感をおぼえながら、それでもどれだけ彼がその資格をほしがってたか、わたしにはわかる。なのに、こんな身勝手な馬鹿者のために、その切ない望みを断ち切られるなんて――

「生まれなんか関係ない！　ジョックはな、おまえなんかよりよっぽど上等な人間だった。ここにいる資格がないのは、おまえのほうだ！」

　悔しかった。悔しくて、腹立たしくて、たまらなかった。言ってやりたいことは山ほどあるのに、言葉が喉《のど》につかえて出てこない。こんなもどかしい思いは、はじめてだ。

「どうしてなんだ？」

アイルは、しぼりだすようにつづけた。

「ジョックは、おまえの罪も一人で背負って出ていくつもりだったんだぞ。コリンズ先生にだって、なんの弁解もしなかったんだ。なのに、どうして殺したんだ？　どうして、そこまでしなきゃならなかったんだよ!?」

「うるせえっ!!」

スモーカーは怒鳴りかえした。

「きさまこそ、なにがわかる？　弁解しなかっただと？　ちくしょう！　あいつはな、みんなしゃべると言いやがったんだ！」

そして、スモーカーはとうとう、すべての感情をさらけだしてぶちまけた。

「そうとも！　しゃべると言いやがったんだ！　最後に、オレのことも洗いざらいしゃべって出て行くってな。だから、オレにも名乗って出ろと脅しやがった。冗談じゃねえ！　そんなことしたら、オレはどうなる？　どこへ行っても後ろ指差されて、家族からも厄介もんあつかいされる。社会の落ちこぼれだ。それを受け入れろってのか？　この先ずっと、どん底を這《は》いずって生きろってのかよ？　冗談じゃねえってんだよ！」

なおも言い返そうとしたアイルを、ウィルが手で制した。

「それできみはダルトンの殺害を決意し、彼に阿片《あへん》を飲ませた。どうやって？」

「酒だ」

吐き捨てるように、スモーカーは言った。

「酒に混ぜてヤツにすすめた。別れに一杯付き合うくらい、いいだろうと。あいつはためらったが、断らなかった。それで終わりだ。それで終わりだ！　みんな終わるはずだったっ!!」

スモーカーは叫び、肩をふるわせながら、すすりあげるようにくりかえした。

「終わりだ……終わってたんだ……ちくしょう、どうしてこんなことに……」

テーブルのまわりに沈黙が訪れた。そして、最後にウィルが、静かに言った。

「罪を犯した者は、それを償うまで終われない。逃げることはできないんだ、スタンレー」

エピローグ

　翌日はフットボールの寮対抗試合で、朝から学校中がわきかえっていた。全校生徒が校庭にくりだし、選手たちに熱烈な声援を送っている。

　アイルは、この格闘技まがいのスポーツがいまだに苦手だった。一応、付き合いで見物に出てきたものの、だれかが転んだり、怪我人がでたりするたびに、胃が縮みあがる思いがする。ハラハラしながら見守っていると、誰かが隣に立って、声をかけてきた。

「やあ、ここにいたのか。コールフィールド」

　ふりかえると、ウィルだった。

「どっちが勝ってる？」

「さあ、よくルールを知らないから」

　そっけなくこたえて、アイルは肩をすくめた。

「見たところ、チャドウィック寮のほうが凶暴性で勝ってるわね。スクール寮は怪我人続出よ」

　ウィルは笑った。

「それで、そっちはどうなったの？」

　まわりを気にしながら、アイルは小声で訊《き》いた。

「どうって、なにが？」

　アイルはじれったくなり、ウィルの手をつかんで人垣からぬけだした。

「しらばっくれないで。わかってるでしょ？」

　委員会終了後、ウィルとその仲間たちはウィスラー校長にスモーカーの身柄をあずけた。すべては夜のうちに行われたので、ほかの生徒たちが気づくことはなかった。

　マーガリー寮では、スモーカーは急な事情で学校を去ったのだということになっている。実際、彼の部屋からは荷物がなくなっていたから、みんなすんなりその説明をうけいれたらしい。

　ただし、アイルはトビーにだけは、本当のことを打ち明けた。一晩中、寝ないで待っていてくれたのだ。彼には知る権利がある。もちろん、ショックをうけていたけれど。

　七人委員会の存在は学校側から見て見ぬふりをされていると、いつかトビーが言ったことがある。あれはこういうことだったのだと、アイルは今になって理解した。ウィスラー校長もグルなのだ。そうとしか考えられない。

「あの件は、もうぼくらの手を離れた。スタンレーは今朝早く、警察にひきわたされたよ。あとは司法の判断だ」

「そう」

だとすると、世間に知れわたるのは時間の問題だ。学内で——しかも貴族の子弟を多くあずかる名門私立校で殺人が起こるなんて、いったいどれほどの騒ぎになることか。

それでも、これでよかったのだとアイルは思う。真実はときとして痛みをともなうが、うけいれる勇気も必要なのだ。

「それはそうと、きみをさがしていたんだ。談話室にきみの面会人が来てる」

「えっ!?」

アイルはギョッとし、うろたえてあたりを見まわした。

「まさか、お父さまにバレたんじゃ——」

「だとしても、自業自得だけどね」

ウィルはすまして言った後、アイルの青ざめた顔を見て、今度はおかしそうに笑った。

「ちがうよ。おじ上じゃない」

「じゃあ、だれ?」

寮の談話室で待っていたのは、本物のエリック・ダルトンだった。初対面のときの印象そのままに、お行儀のよい姿勢で椅子に腰をおろしていた。彼はアイルが入ってきたのに気づくと、さっと立ち上がった。

「まあ、エリック！　どうして――」

言いかけてアイルはハッとし、用心深く扉を閉めた。

「どうして、ここに？」

部屋にはほかに誰もいなかったが、アイルはつい小声になって言った。競技場での喧騒《けんそう》は、ここまでは届いてこない。むしろ生徒がみんな出払っているので、建物の中はいつになく静まりかえっていた。

「すみません。あなたのことが心配で、つい。でも、本名は名のっていませんから、大丈夫です。執事さんのお使いで、あなたのいとこさんを訪ねてきたことになっているんです」

「ああ、そうなの。だから、ウィルが呼びに来たのね」

「ええ。いとこさんなら、あなたに会えるように、うまくとりはからってくださるだろうと言われました」

相変わらず、ディクスンはそつがない。万が一にもアイルが疑いをもたれないように、用心したのだろう。

「それで、体のほうはもういいの？　無理してるんじゃないでしょうね？」

「おかげさまで、すっかりよくなりました。執事さんにも、本当によくしていただいて。それより、あの——兄のことで、なにかわかったんですか？　いとこさんが、あなたから聞くようにおっしゃったんですけど」

「ええ。あなたには一番に報告しなきゃと思ってたの。会えてよかったわ。あの、きっとショックな話でしょうけど」

エリックの目にはわずかな動揺がうかんだが、それでもまっすぐにアイルを見て言った。

「兄の死以上にショックなことなんてありません。話してください」

アイルはうなずき、事件の顚末《てんまつ》をすっかり話して聞かせた。エリックは真剣な表情で耳をかたむけ、ときおり悔しそうに唇を噛《か》む様子を見せたが、途中でいくつか質問をさしはさんだだけで、感情的になって話を中断させるようなことはしなかった。

「——というわけで、今はまだ真相は生徒たちには伏せられてるけど、いずれはみんな、ジョックの潔白を知ることになるはずよ。ただ——」

アイルはそこで言いよどみ、申し訳なさそうにエリックを見た。

「スモーカーが裁判でジョックの父親のことをしゃべったら、それもみんなにわかってしまうと思うの」

「そうですか」

エリックは目を伏せて黙りこんだが、やがて顔をあげると、きっぱりと言った。

「それは仕方がありません。覚悟はできています」

そして、こわばった笑みをうかべて、つづけた。

「ジョックがなにか恥ずべきことをしたわけじゃない。そうでしょう？　ぼくはずっと兄を誇りにしてきましたし、それはこれからもかわりません。だれにだって、そう言ってやりますよ」

「その意気だわ」

アイルはほっとし、励ますように言った。

「かんたんじゃないでしょうけど、でも、わかってくれる人もいるはずよ」

「ええ。あなたには、本当になんとお礼を言ったらいいか。このご恩は忘れません」

「あら、そんなこといいのよ」

アイルは照れくさそうに手をふった。

「ただ、あのう……わたしのことは、ご両親には内緒にしておいてほしいんだけど」

エリックは、心得ているというようにうなずいた。

「そうですね。執事さんが卒倒してしまいます」

アイルは天井を仰いで、ため息をついた。

「ディクスンは頭がかたいのよね」

「でも、ぼくはいいと思うな」

「え？」

「あなたみたいな女の子が、自由にのびのびと生きること。だれにも束縛されたり、権利を侵害されたりしないで。あなたに会うまで、そんなこと考えもしなかったけど。でも、ぼくは応援します」

思いがけない言葉に、アイルは胸が熱くなった。

「ありがとう、エリック」

「かんたんじゃないでしょうけど、わかってくれる人もきっといますよ」

エリックはいたずらっぽい表情をうかべて、アイルの言葉を借用した。

「あら、やられたわ」

そして、二人は顔を見合わせて微笑んだ。

アイルはその後、エリックを玄関の外まで見送った。握手をして別れ、エリックを乗せた馬車が並木のむこうに消えると、肩の荷が下りてほっとしたような、それでいて心にぽっかり穴が開いたような、複雑な気持ちになった。これで本当に、彼女の役目は終わったのだ。

寮にもどろうときびすをかえしたとき、競技場の方から、ウィルとデレクが肩をならべてやってくるのが見えた。アイルは立ち止まり、彼らが近づいてくるのを待った。

「彼はなにか言っていたかい？」

ウィルが言った。

「ポーツマスに帰るって。それから、七人委員会のみなさんによろしく、感謝の気持ちを伝えてほしいって言われたわ」

「そうか」

「それにしても、ウィルもデレクも七人委員会のメンバーだったなんて」

アイルは、いまだにそれを根にもっていた。

「ずるいわよ。どうして黙ってたの？」

「メンバー以外のだれにも口外しない。それがわれわれの決まりなんだ」

「だけど、そのせいでてっきり――」

正義漢ヅラした危ない集団だと思いこんじゃったじゃない。

アイルはつづく言葉を飲みこんだ。委員会について自分が彼らになんと言ったか思い出すと、恥ずかしくて二階の窓から飛び降りたくなる。

「そもそもおまえはカン違いしてる」

今度はデレクが言った。

「七人委員会ってのは、そんなもんじゃなくて——」

言葉をさがして一呼吸おくと、ウィルがその先をつづけた。

「ただの面倒ひきうけ係」

「そうだ」

「自浄組織なんだよ、アイル。大人を介入させず、自分たちで問題を解決するための」

今では、アイルにもそれが理解できた。

「ウィルが考えたの?」

「いや。これはシルバートンの伝統でね。はじめたのはおじ上、つまりジェフリー卿《きょう》だ」

「お父さまが!?」

アイルは唖然《あぜん》とした。あの、思慮分別のある大人の父が——?

彼女の表情を見て、ウィルはくすりと笑った。

「おじ上にだって、ぼくらと同じ時代があったってことさ」

「それはそうかもしれないけど……」

「ついでに言うと、ウィスラー校長が二代目委員長だったらしい」

アイルは、今度こそ言葉を失った。

「ずるいっ！　なによ、それ——やっぱりペテンじゃないの！」

一瞬遅れて怒りを爆発させると、デレクが横でぼそっと言った。

「男装してもぐりこんできたイカサマ学生ほどじゃねえだろ」

アイルはデレクをにらみつけた。

「さて、もう気がすんだだろう？　次は、きみがここから出て行く手伝いをしよう」

ウィルが言うと、アイルはそっぽをむいた。

「いや」

「アイル」

「大おばさまのところに行くのは、絶対にごめんよ。行儀見習いなんて、ゾッとするわ」

「しかし、事件は解決したんだ。きみがこれ以上ここにとどまる理由はない。それに、もし他の生徒にきみの正体がバレたら——」

「わたしの正体だけじゃなくて、あなた方のやってることも、学校側にバレたらたいへんよね？」

アイルが思わせぶりに言うと、ウィルは顔をしかめた。

「われわれはべつに、法にも校則にもふれるようなことはしていない」

「あら、そ？　じゃあ、どこまで大目に見てもらえるか、試しに密告してみる？　デレクが賭《か》けの胴元やってることとか、サイモンが毒薬集めてることとか――」

「くそっ！　また脅迫する気か？」

デレクが声をあげた。

「わたしはただ、ここにいたいだけ。学校で勉強したかったの。知ってるでしょ？　ウィル。やっと夢が叶《かな》ったのよ。お父さまがお仕事でいらっしゃらない間だけでいいから、ここにいたいの」

その真剣な口調に、ウィルは困ったような顔をした。

「アイル、しかし……」

「お願い。最初の条件どおり、この学期が終わるまででいいから」

ウィルはため息をついて、天を仰いだ。

「わかったよ。だが、おじ上にバレたら、ぼくが殺されるな」

「そんなことない。ちょっと時代を先どりしてるだけだと思えばいいわ」

アイルは顔を輝かせ、そして自信たっぷりに片目をつぶった。

「今に、女だって堂々と勉強できるようになるし、ここだって女子学生であふれかえるようになるから。絶対よ」

あとがき

はじめまして、橘香《たちばな》いくのです。

そして、富士見L文庫創刊、おめでとうございます！

今回、ご縁があって、わたしもこの新しいレーベルから、大好きなアイルのお話を出していただけることになりました。

といっても、実は、富士見書房さんからお声をかけていただいたのは、もう何年も前なんです。が、そのころは別のシリーズを書いていて忙しかったため、ご依頼の原稿が遅々《ちち》として進まず、数年がかり（！）でようやく書き上げたときには、いろいろと事情が変わっておりまして。

自分が悪いとはいえ、なんだか数奇《すうき》な運命をたどりかけましたが（笑）、ようやくこうしてお届けできることになりまして、感無量《かんむりょう》です。

なにせその間、担当さんが三回替わりましたからね。このことだけでも、どれだけぼや

ぼやしていたかが知れようというものです。(汗)

ともあれ、古書店街で資料をさがして送っていただいたり、貴重なご助言をいただいたりと、それぞれに大変お世話になりました。すでに退職なさった方もおられるんですが、今この場をお借りして、深く深く感謝申し上げます。どうもありがとうございました。

さて、で、今回のお話。舞台は十九世紀イギリスの、とあるパブリック・スクール。

というわけで、なんだかそっち系（？）の展開を危惧《きぐ》、もしくは期待なさった方がおられるかもしれませんが、ぜんぜんそんなことはございません。未読の方は、あらかじめご了承ください。

どちらかというと、フェミニズム風味かもしれませんね。でも、あまりそういう方向に傾くでもなく、結局のところは、きわめて健全な冒険ミステリーです。

くりかえします。**冒険**ミステリーですんで。

本格ミステリーがお好きな方にはおあいにくですが、タチバナは冒険小説大好き人間。したがって当然、シャーロック・ホームズよりはアルセーヌ・リュパン派なわけで。

クリスティですと、かの偉大なる灰色の脳細胞の持ち主、ポアロ氏をさしおいて、トミーとタペンスがお気に入り。謎解きに頭を悩ませるよりも、わくわくして読んでいただけたらなあと思います。

苦労したのは、架空の学校とはいえ、いちおう現実の国だという点でありまして。

しかもヴィクトリア朝でございましょ？　なんだかんだと、調べるのが大変でした。

当たり前のことながら、わたしはヴィクトリアンでもなければ、イギリス人でもなく、それどころか、イギリスの国土に足をふみいれたことすらもない、内向き志向でお尻《しり》の重たい、ごくごく平凡な一日本人なんですから。

お貴族さまの知り合いもいませんしね。先祖にお侍さんはいますけど。

まあそんなわけで、なにかひっかかる描写がございましても、なにとぞご寛恕《かんじょ》願います。

だってね、どんなに頑張って調べたって、どんなに妄想ふくらませたって、わからないことはわからないんですよ！

フットボールのルールとかっ!!（そこか？）

いえね、当時の〝フットボール〟というのは、まだルールが統一されていなかったばかりか、そもそもサッカーとラグビーの区別さえ明確でなかったらしく……。

すみません。しょうがないので、でっちあげました。というか、ほぼ現代のラグビールールで書きました。

もっとも、その現代のラグビーですら、実はよくわかってなかったりするんですけど。

もちろん、勉強はしましたよ。ルール本はちゃんと買って読みましたし、大学ラグビーの試合のDVDも買って観ましたし、TVで試合が放送されるときには、かじりついて観ましたし。

しかし、いまだにサッカーの見方がよくわからないのといっしょで、子供のときからなじんでないと、やっぱりだめですね。ルールがすんなり頭に入りませんし、試合の流れとか、戦術とか、ツウな観戦の仕方というのも、なんだかよくわからず……。

表面的には、ものすごく愉快で楽しいスポーツなんですけど。

スローインのボールをとるのに、大の男が突如**バレリーナ**と化したり、スクラムを組んで押しあってたかと思うと、最後尾の選手が突如お尻から**卵産んだ**り。(なんの話だ?)

いやもう、お腹かかえて笑ったのなん――ごほっ、げほっ。

まあその、日本ラグビー界の発展のため、わたしも今後はもっと勉強して、真面目に応援させていただきたいと思います。(とってつけたように)

えーっと。あとなにかほかに、言い訳しとくことなかったかな……。

……まあ、なんですよね。許しあうって、とても大事なことですよね。他人の過失を、笑って見逃してあげるのもね。そういうところで、人としての度量が試されるわけで。

もちろん、この本を手にとってくださったあなたが、度量の広ーい、懐《ふところ》の深ーい方であるのは、確信しております。

人を信じられなくなったら、人間おしまいですものね。

……そういうことで、ひとつよろしく。

ともあれ、皆様に少しでもこのお話を楽しんでいただけると、とてもうれしいです。(笑)その上で、さらにちょっとデレクをひいきにしていただけると、もっとうれしいです。

ではでは。ここまでお付き合いくださいまして、どうもありがとうございました。

またお逢《あ》いできますように。

橘香いくの

富士見L文庫

貴族《きぞく》令嬢《れいじょう》アイルの事件簿《じけんぼ》
偽学生《にせがくせい》、はじめました。

橘香《たちばな》いくの

平成26年8月20日　初版発行

発行者　郡司　聡
発行所　株式会社KADOKAWA　http://www.kadokawa.co.jp/

企画・編集　富士見書房　http://fujimishobo.jp
〒102-8177　東京都千代田区富士見2-13-3
電話　営業　03(3238)8702　編集　03(3238)8641

印刷所　暁印刷
製本所　ＢＢＣ
装丁者　西村弘美

定価はカバーに表示してあります。

ISBN 978-4-04-070305-3 C0193　©Ikuno Tachibana 2014　Printed in Japan

富士見L文庫

貴族デザイナーの華麗な事件簿
ロンドンの魔女

柏枝真郷
イラスト／片桐いくみ

19世紀末ロンドン。仕立て屋のジェレミーと彼の店に入り浸る自称デザイナーの貴族エドガーは、客から「メイドが魔女を名乗っている」という話を聞く。同じ頃、人体が突然発火するという奇怪な事件が勃発し──。

株式会社KADOKAWA　富士見書房　富士見L文庫

富士見L文庫

海《かい》波《なみ》家《け》のつくも神

淡路帆希
イラスト／えいひ

両親を事故で失い、田舎の一軒家で独り暮らしをすることになった高校生・海波大地。人との関わりを避けるように暮らしてきた彼だったが、その周囲には騒がしくも優しい「つくも神」たちが集まってきて──。

株式会社KADOKAWA　富士見書房　富士見L文庫

富士見L文庫

調幻の氷《ひ》翠《すい》師《し》

麻木未穂
イラスト／ことき

調幻——その異能は、未来も現在も、
過去さえも変えることができる

21歳になったもかかわらず、男性からの捧愛の証・リーフィンのないシェネラ。周囲は、彼女の家にふらっとやってくる「顔だけ男」のせいだと話していた。だが、彼女たちには、人には言えぬ秘密があって……!?

株式会社KADOKAWA 富士見書房 富士見L文庫

富士見L文庫

悪魔交渉人

1. ファウスト機関

栗原ちひろ
イラスト／THORES柴本

怠惰な美術館員・鷹栖晶の本当の職務。それは悪魔と交渉し、彼らにまつわる事件を解決すること。ある日、死んだ友人・音井の肉体を間借りする悪魔と共に、戦時中に存在した「F機関」を巡る事件に巻き込まれ——。

株式会社KADOKAWA　富士見書房　富士見Ｌ文庫

遠鳴堂《とおめいどう》あやかし事件帖 其の壱

椎名蓮月
イラスト／水口十

悪しき霊を討つ鳴弦師の母を失い、叔父・倫太郎とその式神・多聞の営む古書修繕店・遠鳴堂に身を寄せる久遠明。霊は見えても退魔の力を持たない彼だったが、転校早々クラスの少女の背後に雑霊の影を視てしまい……？

株式会社KADOKAWA　富士見書房　富士見L文庫

富士見Ｌ文庫

シェイクスピアの退魔劇

永菜葉一
イラスト／椎名優

この国で唯一、魔を祓う希望。
それがシェイクスピアという女なのだ——

悪霊が跋扈し、エクソシストに代わって劇作家がそれを祓う十六世紀ロンドン。記憶をなくして夜の劇場に迷い込んだ少年が出会ったのは、稀代の劇作家を自称する美女——“舞台を揺るがす者”シェイクスピアだった!

株式会社KADOKAWA　富士見書房　富士見Ｌ文庫